LOCUS

LOCUS

catch

catch your eyes ； catch your heart ； catch your mind……

catch 28
戀戀人間
朱 衣／著

責任編輯：韓秀玫　美術編輯：張士勇
法律顧問：全理律師事務所董安丹律師
出版者：大塊文化出版股份有限公司
台北市105南京東路四段25號11樓
讀者服務專線：080-006689
TEL：(02) 87123898　FAX：(02) 87123897
郵撥帳號：18955675
戶名：大塊文化出版股份有限公司
e-mail:locus@locus.com.tw

行政院新聞局局版北市業字第706號

總經銷：北城圖書有限公司
地址：台北縣三重市大智路139號
TEL：(02) 29818089 (代表號)
FAX：(02) 29883028　9813049
初版一刷：2000年8月
定價：新台幣160元
ISBN 957-0316-22-5
Printed in Taiwan

戀戀人間

十五個癡情女子不滅的希望

朱衣 著

自序

記錄一些中國女人的名字

據說中國女人是沒有名字的。

在古籍當中很難找到明確的女子姓名，頂多一個姓加上一個氏字，如王氏、李氏，就算是一種交待了。也因爲如此，我們要特別感激像《紅樓夢》或《聊齋誌異》這類的民間作品，爲我們記錄下來一些眞情流露的中國女人的名字。

當初寫第一本聊齋的故事《千女遊魂》時，取材的重點在以一般人耳熟能詳的故事爲主，如聶小倩、俠女、胭脂、竇娥之類，這些故事都曾經被拍成電影、電視，成爲一般人熟悉的報仇雪恨的民間故事，但或許很多人不知道這些故事卻是出自聊齋，也不知道故事原本面貌是什麼了。因此我在處理這類故事時，期望盡量保持原作的精神與面貌，但是加上我個人的體會與詮釋，讓古典的文學作品成爲現代人容易閱讀的作品。

《千女遊魂》出書後，匆匆兩三年過去了，不知道爲什麼，當初在整理聊齋資料時所看到的其他一些精彩的故事總還是在我的腦海中縈繞，一些有情有義的眞實女子想要現身說法的感覺，讓我不得不再寫一本書，好記錄下這些女人的名字。

她們是在愛情或生活中飽受折磨的女人，她們雖然很柔弱但也很堅強，經歷了生離死別之苦，仍然不改初衷，最後終於能與所愛的人重逢，完成愛情的試煉。

這些女子雖然年代已經久遠，但面貌卻一點也不模糊，或許她們就住在你家隔壁，或許她們就是你身邊最親近的人，她們就像是現代活生生的女子，一顰一笑都動人心魄。

在這本書中，我選擇的故事都是以女主角歷經滄桑，最後有個圓滿結局爲主。如「珊瑚」因爲丈夫孝順母親，被迫出妻，但珊瑚不忘舊情，仍然暗中幫助夫家，最後終獲諒解，夫妻團聚。「梅女」原本是少女爲鬼，爲書生所救，最後還魂與男子結成夫妻。種種故事都是在歷經千辛萬苦之後，因爲不悔初衷，而終於夢圓。

曾經我是個悲劇的崇拜者，但是在嘗遍人生百味之後，我明白大團圓的結局不只是中國人的偏好，其實也是人心靈上最熱切的盼望與夢想。雖然眞實的生活千瘡百孔，但是在我們的心靈深處，仍然不會忘了追求圓滿，追求美夢成眞。這是一種最讓人感動的境界，明知其不可爲而爲之，永遠脆弱又永遠堅強，即使跌倒了仍然要站起來，就算眞實生活中沒有夢，仍然要向夢中尋夢去！

爲了所有永不悔悟的尋夢者，我寫了這本書，讓你們與我一起感動，在這個世界上眞的有一些女人花費一生的努力，讓愛情與生活中的美夢成眞！

目錄

1

阿寶

暮春的細雨彷彿少女變化莫測的心事，忽然之間傷心欲絕，淚滴如注；突然之間又破啼而笑，讓人猜不透她到底是眞的傷心，還是只是在開玩笑？

阿寶走在暮春午后的細雨中，覺得上天好像在跟她開玩笑，因爲她出門時陽光普照，沒想到要帶傘，同行的鄰居姐妹也都打扮得花枝招展，沒有人會想到突然下了一陣大雨，大家都亂成一團，紛紛找地方避雨，只剩下阿寶一個人走在細雨中。

阿寶穿了件胭紅的背心，水色的長裙，長長的頭髮飄在風中，整個人像是行走在圖畫中。還好她沒走多久，就看到前面有一棵大樹，密實的枝葉倒是很好的避雨地

方。

阿寶來到大樹下，拿出手絹拭了拭臉頰上的水珠，心中嘀咕著早上才塗的胭脂這下可成了大花臉了。她自顧自地整理衣襟，卻不知道旁邊已經有人看癡了。

平時阿寶和一些姐妹們其實不常出門，只不過今天是清明節，大家才可以借掃墓上墳的名義出門郊遊一下。阿寶是當地出名的美女，每回出門時總會有人在一旁指指點點的，她早習以爲常了。就像剛才在路上一直跟著她的一群年輕小伙子也跟著她到樹下避雨了，但是對這些人她就是不肯假以顏色，甚至有點嫌煩。

不過她由眼角餘光中還是看到了一個人，她的心立刻快速地跳起來。其實她很討厭見到那個人，甚至不想知道那個人的任何消息，但是那人好像是不散的冤魂，總是在最不適當的時機進入她的生命中。

其實站在一旁看癡了的孫子楚並不是不知道阿寶的心情，他知道她討厭他，看到她嫌惡的眼光他會心如刀割，但是他就是捨不得將眼光挪開。其實每回他碰觸到手上的疤痕時，都像是個提醒：「孫癡！你別作夢了！癩蛤蟆想吃天鵝肉，你不配！」

朋友都叫他孫癡，因爲他從小個性耿直木訥，人家跟他說什麼他都當眞，久而久之，人人都覺得他有點呆呆的，就叫他孫癡，他也不以爲意。

孫癡雖然癡，但卻是很懂得欣賞美人的，自從一次在街上驚鴻一瞥，見過美麗的阿寶之後，他就決心非阿寶不娶了。但是他雖然出生書香世家，知書達禮，但卻是個窮書生，沒有富商鉅賈的背景。

當他聽說了阿寶的父親在爲女兒找婆家時，他也鼓起勇氣請人作媒。結果媒人王大娘碰了一鼻灰，沒好氣地出了阿寶家門。

沒想到剛走到門口，竟然碰到阿寶由花園中回來，王大娘便將阿寶拉到一邊說：「阿寶姑娘，我是替那個孫癡來說媒的。妳也知道他雖然有點呆氣，人倒是個好人，嫁過去不會吃虧的，他鐵定被妳管得緊緊的。妳倒說說看到那兒還找得到那麼好的主子呀！」

阿寶聽說過孫癡是個呆子，又知道他的一隻手掌多長了一根小指，便嘲弄地說：「好呀！如果他肯把那根多的指頭去掉，我就嫁給他！」

王大娘一聽又是一肚子氣，嘴裡嘀嘀咕咕地走了。她心想這趟可是白跑了，誰會爲了這個鬼丫頭剁掉自己手指呀？雖然是多生的一指，可也是血肉連心，剁不得的。

王大娘見到孫癡之後，加油添醋將阿寶的父親如何勢利，阿寶如何嘲弄他都說了一遍，最後她說：「我看你死了這條心吧！她要你剁去多生的手指，那不是要你去死嗎？」

孫癡卻好整以暇地說：「這倒不難做到。」

王大娘走了之後，孫癡果然自己拿了把菜刀，將多餘的小指剁了下來。一時之間血流如注，孫癡昏死過去。家人連忙找醫生來急救，等孫癡甦醒過來，又休養了一陣子，才算能勉強出門。他又去找王大娘，舉著手掌跟她說：「您瞧！多餘的小指不見了！」

王大娘看到疤痕猶新的手掌，不禁嚇得尖聲怪叫。她急急又去找阿寶說：「阿寶姑娘，不得了了！孫癡真的把手指剁了，妳這下怎麼說？」

阿寶卻閒閒地笑笑說：「手指去了，他的呆病卻還在呀！叫他把癡呆症治好再說！」

王大娘氣沖沖地回去報告。孫癡一聽呆了：「我沒有什麼癡呆症，叫我怎麼治呀！」

「可是她說要你治好呆病才行呢！」王大娘卻堅持地說。

這下孫癡算是死心了，他知道自己沒有機會了。但是在這個清明節的午后，當他又見到美麗的阿寶時，一顆心還是被她吸引住了，整個人呆呆的站在樹下，就好像被施了咒語一樣，無法言語，無法行動。

等雨停了之後，阿寶的同伴又過來招呼她，於是一群女孩子又往遠處去了。原本跟著在樹下躲雨的一群少年也散去了，只剩下孫癡一個人還是呆呆站著。一個朋友過來拉他說：「喂！孫癡！人都走光了，你還呆在這裡做什麼？」

拉扯了半天，孫癡還是一動不動，另一個朋友懷疑地說：「奇怪了！是不是他的魂跟著阿寶姑娘走了？」

「胡說八道！他本來就有點呆氣，我們還是送他回家吧！」

一群朋友將孫癡送回家後，孫癡便躺在床上，神智再也沒有清醒過。家人問過情況後，以爲他在掃墓時失了魂，便找了一個道士到曠野間爲他招魂。折騰了多日，孫癡依然神智不清，躺在床上不起。家人用力推他，叫他：「孫癡，孫癡！你在那兒呀？怎麼不跟我們說話呢？」

拍打得用力了，他才朦朧地回道：「我在阿寶家！」

再問又是一語不發了，家人只能愁眉不展，不知該怎麼辦。

原來當時阿寶跟著一群女孩子走了之後，孫癡只覺得依依不捨，一心想跟著她走，不知不覺竟伴隨著她走了好一陣子，也沒人過問，於是他一直跟著阿寶到了她家，跟她住在一起。

孫癡跟著阿寶過了幾天甜蜜快樂的日子，有一天他突然覺得肚子餓了，就很想回家去，但是出了門竟不辨東西，完全不知道回家的路該怎麼走，只好再回到阿寶身邊。

這時孫家的人看孫癡已經呆臥三日，氣息也漸漸微弱了，便不得已到阿寶家要人。阿寶的父親冷笑著說：「我們平時也沒什麼往來，你家兒子的魂怎麼會在我家？」

孫家人再苦苦哀求，阿寶的父親才勉強答應了。於是孫家請了道士來招魂。阿寶看到道士來家裡，問清楚怎麼回事後，不禁臉色發白。原來連續三天晚上，她都夢到一個男人睡在她身邊，她正在疑惑這件事，卻又不敢跟人說，原來眞的是他的魂跟來了。

她帶道士到自己的臥房，道士招回孫癡的魂魄，帶回孫家。道士才一進門，床上的孫癡便已經在呻吟了。家人問他：「你到底去那裡了？」

「我只記得我去了阿寶家，她的房間很大，有紅色的幃幔，還有一張紅木的化粧台，上面擺了胭脂，還有一個菱花鏡…」

一些好事的鄰居早已將孫癡說的話傳到阿寶耳中，阿寶心中百感交集，她知道孫癡果然是夢中所見的那個男子。對於他的癡心，她很感動，只因父親反對，兩人恐怕今生沒有機會再相聚了。

孫癡病好了之後，變得有些神情恍惚，心中總還是想著阿寶，恨不得魂魄能飛去，再伴她入夢鄉。

過了好一陣子，浴佛節到了，這一天也是婦女們會外出上香敬佛的日子。孫癡打聽了阿寶要到香水月寺去，便一早到了寺外等候。一直等到中午時分，阿寶才坐著轎子姍姍來遲。

阿寶從窗簾中看到孫癡呆坐在路旁，便拉開簾子，含情脈脈地看著他。孫癡被她這麼一看，立刻神魂顛倒，不覺跟著轎子走了好長的一段路。

那天回家之後，孫癡又病倒在床，睡夢中經常呼喚著阿寶的名字，清醒時則恨不能重新入夢。一天孫癡躺在床上養病，看到家中的一個小孩子拿著一隻死掉的鸚鵡在他床邊玩。這隻鸚鵡已經養了好久，不知爲什麼突然死了？孫癡胡思亂想著：「如果我能做一隻鸚鵡有多好，我就可以展翅高飛，去看阿寶了。」

他才這麼一想，就覺得身體變輕了，突然之間，他變成了那隻綠毛紅嘴的鸚鵡，直直飛往阿寶家了。阿寶看到鸚鵡飛來，高興的用網子抓住牠，再將牠的雙足鎖住。突然鸚鵡大叫說：「阿寶！不要把我鎖起來，我是孫子楚呀！」

阿寶嚇了一跳，趕忙解開鎖鍊，說道：「我已經了解你的真心，不過現在你變成一隻鸚鵡，我們怎能再相聚呢？」

「我只要能跟在妳身邊就很滿足了。」鸚鵡說。

於是阿寶將鸚鵡養在室中，別人餵牠，牠不會吃，只有阿寶遞過來的東西牠才吃。阿寶坐下來，牠就飛到她的膝頭。阿寶躺下來，牠就跟著坐在床頭。這樣過了三天，阿寶心中對孫癡越發憐惜。她派人偷偷到孫癡家打聽，果然孫癡臥病在床，雖仍有鼻息，但已經三天不省人事了。

阿寶於是對鸚鵡說：「如果你能再變成人，我一定會嫁給你！」

「我不信，妳騙我！」鸚鵡不相信她的話。

阿寶便認眞地發誓：「如果鸚鵡變回孫癡，我阿寶當誓死相從。」

鸚鵡聽了她發誓，歪著頭想了一想，不再說話。過了一會兒，阿寶將一雙繡花鞋解下，放在床上。突然鸚鵡飛起來，銜著一隻繡花鞋便飛走了。阿寶叫牠也不停下來。

阿寶知道鸚鵡一定是回家了，便要自己的老奶媽到孫家去看看。果然孫癡家中亂成一團，說是一隻鸚鵡銜著繡花鞋飛回來，到了孫癡房中便摔死了，孫癡也醒來了。

孫癡一醒來便說：「繡花鞋呢？繡花鞋呢？」

「繡花鞋在這裡，你要了幹什麼？」家人摸不著頭腦。

「那是阿寶的信物呀！」

家人見阿寶的老奶媽來討繡花鞋，才知道這是眞的。於是阿寶將自己的私情對母親說了，並表示今生非孫癡不嫁。母親見她心意已決，便幫忙著說服了阿寶的父親，讓這對世間的癡情男女成就了美滿的姻緣。

2

梅女

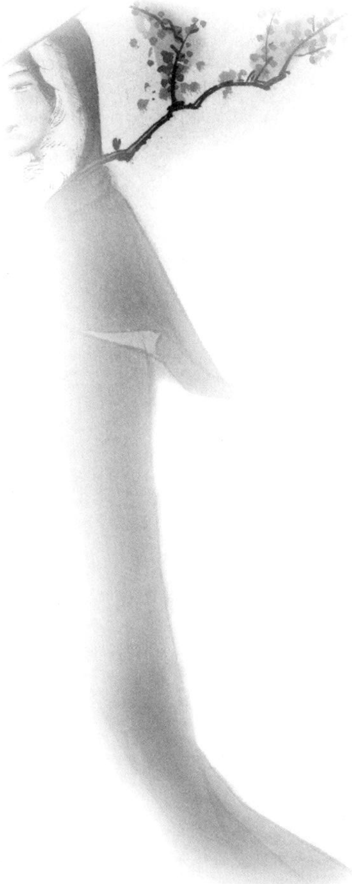

夏天的午后，蟬聲漫天價響地叫著，暖風吹送著不知名的花香，牆上花影搖曳，讓人不覺眼花撩亂起來。

獨坐在室中的封雲亭對著一牆花影，不知不覺眼神迷離起來。這一陣子他到京城作客，寄居在朋友家中。這個下午他剛好沒事，一個人呆在屋中，竟然睡起午覺來。就在他半醒半睡之間，突然牆上的影子改變了，原來美麗的花影變成一個美人的形象。

封雲亭想自己一定是眼花了，便閉上眼，想要驅散滿腦的胡思亂想。過了一陣子，他忍不住又張開眼，以爲牆上的影子會消失了。誰知這次影子不但更清晰，而且很明顯地看出來那是個少女的身影，封雲亭嚇了一跳，坐起身來，再仔細看去，少女的眼眉神態都出現了，只見她愁容滿面，脖子上還繫了一條繩索。

封雲亭嚇得不敢動彈，這時少女的身影卻緩緩移動了一下，彷彿要走出牆壁似的。封雲亭知道這個女鬼現身，必然是有什麼冤屈，再加上現在是白天，也沒什麼好怕的，於是他鼓起勇氣開口了：「姑娘如果有什麼冤屈，可以告訴我，我願意幫妳的忙。」

少女的身影果然走出了牆壁，輕聲軟語地說了：「萍水相逢，實在不敢麻煩你，但是我在九泉之下還得被繩索綁著，舌頭也伸在外面，實在很不舒服。如果你能幫我將屋樑拆掉，燒了它，我就會好過一點了！」

封雲亭答應了她的要求，少女的身影便消失了。封雲亭立刻下了床，跑到主人的屋中去問個究竟。主人這才告訴他：「十年前這棟屋子的主人姓梅，有一天一個小偷闖入，被梅老先生抓住，送到官府去問罪。誰知道這個縣官愛錢，收了盜匪三百銀兩，就誣指梅女與小偷串通，要將她抓到官府中認罪。梅女一聽到這個消息，當晚就上吊自殺死了。後來梅氏夫妻相繼去世，我就將這棟屋子買了下來。客人經常會看到一些怪影子出現在牆上，我也不知道該怎麼辦才好。」

封雲亭就將女鬼告訴他的方法說了一遍，但是要拆掉大樑重建，可不是件簡單的事，主人面有難色。封雲亭便自掏腰包，幫主人付了所有的開銷，才算完成了女鬼的願望。

屋樑重建完工之後，封雲亭又搬進同一間屋子住。這天晚上，牆上的少女又出現了。這時的她不再愁容滿面，也沒有頭套繩索的可怕形狀了。她很高興地謝謝封雲亭的幫忙，一顰一笑之間都讓封雲亭心動，於是他向她求愛，卻被她婉言拒絕了。她說：「我身在陰間，對你恐怕不利，何況當年的慘死也就毫無意義了。我們終有一天會相聚的，不要急在一時吧！」

封雲亭無可奈何，只好按捺住性子，跟著她玩起比手劃腳的遊戲來。只見她的雙手飛快地舞動變化著，讓封雲亭不知是眞是假，轉眼之間大半夜便過去了。封雲亭還想再玩，梅女卻要他入睡。她說：「我是陰間的人，不需要睡眠，但是你需要休息了。我替你按摩一下，很快就會睡著的。」

於是梅女的雙手在他額頭、雙肩輕輕的游走，氣若遊絲，卻讓他通體舒暢。封雲亭不知不覺沉沉睡去，醒來已是中午時分。他向著牆壁大喊：「梅女！梅女！」

但是沒有人應聲。一直到了晚上，梅女才又再出現。封雲亭問她去哪裡了？她說自己沒有固定的住所，不過通常是在冥間地府。封雲亭說：「地下是不是有縫隙，可以鑽進去？」

梅女只說：「鬼如果沒有地，就像魚沒有水一樣活不了了。」

封雲亭這時對梅女的眷戀更深，梅女卻對他說：「你不要一直纏著我。我住的地方最近搬來一位名妓，叫做愛卿，美麗大方，不妨找她來一起聊聊吧！」

第二天晚上，梅女果然帶了一位風姿綽約的少婦同來。三個人玩鬧了一陣子，半夜時分，梅女起身要走，封雲亭挽留不住，只見她飄緲的身影消失在牆角。

封雲亭便問起愛卿的姓氏，愛卿卻不肯明白回答，只說：「你如果要找我，就彈北面的牆壁，喊道：『壺盧子！』喊了三聲我還沒來，就知道我在忙，不用再叫了。」

愛卿待到清晨時分才離去。到了晚上，梅女跟愛卿又出現了，三人再嘻鬧一番。從此封雲亭的住處經常通宵達旦，笑鬧不絕，城中的人都以爲他有神通，能與鬼交談。

有一天，當地一位高官望族來敲封雲亭的門。原來這位大官的妻子顧氏死了，他很想念愛妻，想要借封雲亭神通的力量來跟亡妻溝通。封雲亭不肯，大官卻再三懇求，於是封雲亭只好勉強答應說要爲他招一名鬼妓來看看。

到了晚上，封雲亭敲敲牆壁，招愛卿出來。愛卿應聲而來，但是看到那位大官時卻臉色一變，轉身要走。封雲亭覺得奇怪，起身擋住她的去路。大官卻已經破口大罵，拿起一隻木碗就往愛卿身上丟去。

愛卿的身影立刻消失不見。封雲亭正想質問大官是怎麼回事？這時暗室中突然出現一位老婦人的身影，對著大官大罵：「你這個狗東西！砸壞我家的搖錢樹，還我錢來！」

老婦人拿著拐杖朝大官的頭上敲去，大官立刻抱頭痛哭起來。他嗚嗚咽咽地說：「這個愛卿就是我的妻子呀！年紀輕輕就死了，我想她想得不得了，誰知道她在陰間不守婦道呀！」

老婦人還是痛罵不已：「你這個潑猴！花錢買個官位，戴上烏紗帽，你就眞以爲自己是人模人樣了？你當的是什麼父母官？口袋中有三百銀兩就可以顚倒是非了？你的作爲神怒人怨，死期已近，因爲你父母替你求情，才讓你媳婦賣身到青樓，替你還債，你懂嗎？」

老婦人說著又打過來，大官抱頭亂竄，封雲亭正要勸解，這時梅女出現了，一見大官便臉色鐵青，血脈噴張，取出長簪向他耳中刺去。封雲亭大驚失色，連忙擋在客人面前，向梅女求情道：「他就算該死，如果死在我家中，我也脫不了罪嫌，暫時放他一馬吧！」

梅女這才拉著老婦人離去。大官抱頭鼠竄，回到自己家中，覺得頭痛欲裂，半夜就暴斃了。

第二天晚上，梅女又出現了，臉色恢復了正常，有說有笑的。封雲亭這才敢相問是怎麼回事？梅女笑著說：「我這下可出了口惡氣了！你知道我被奸人陷害，一直無法雪冤。昨天晚上聽到你家吵吵鬧鬧，過來一看，竟然發現是仇人到了！」

「哦？他就是當年害妳自殺的那個狗官？」

「是啊！他當官十八年，我死了十六年了！」

封雲亭又問道：「那個老婦人是誰？」「她就是老鴇，愛卿還生病在家，沒法工作呢！」

梅女說著又笑了：「你還記不記得你想要跟我長相廝守的誓言？」「當然，誓死不忘。」

「好！老實告訴你吧！我當年往生時已經投生在展家，但是因爲深仇未報，一直拖延到今天還沒有訂親。請你做一個袋子，讓我躲在裡面。我會跟在你身邊，到了展家時向他們求親就可以了。」

封雲亭擔憂人鬼殊途，恐怕好事難成。梅女卻告訴他：「別怕！儘管去吧！見到新人時，將袋子掛在她胸前，叫她梅女就行了！」

封雲亭只好去訂做了一個新袋子，放在梅女面前。他一打開袋子，梅女就跳入袋中，消失了身影。封雲亭裝好袋子，朝展家出發了。

展家果然有一個女兒，從小生來面貌嬌好，卻是個白癡，不知世事。她經常將舌頭吐在外面，像是患了哮喘病一樣。現在已經十六歲了，還是沒有人訂親，展家父母一直憂心不已。

封雲亭打聽清楚狀況之後，便向託人展家提親。展家父母求之不得，立刻答應了。成親之日，展家女兒還是迷迷糊糊的傻笑著，封雲亭在她面前打開袋子說：「梅女！梅女！還記得我嗎？」

展家女兒渾身一顫，好像突然醒了過來，看到封雲亭不由得千嬌百媚地一笑，於是兩人心中的靈犀便相通了。

第二天，展家人很驚訝地看到白癡女兒變成了另一個神智清醒的人，這下才眞正相信愛情的力量足以感天動地，改造生命！

3

嬰寧

上元節的彩燈照耀著來來往往的行人，每個人的臉上都像是塗了顏色，上了彩粧一般。年輕的王子服跟著舅舅吳生到村外看花燈，不知不覺地沉醉在那一片迷離燈影中。

過了沒多久，一個僕人來找舅舅，說是家中有事，舅舅便先回去了，王子服貪戀繁華勝景便一個人留下來繼續看花燈。

他一個人走了沒多久，就看到前面來了一位美麗的女子，手中拈著一枝梅花，眼中帶著盈盈笑意，似有情還無意地看了他一眼。王子服的三魂六魄就像被她的眼神勾

走了一般，呆若木雞地跟著她的身影癡癡地凝望。

美麗的女子走過他身邊的時候，故意轉頭對婢女說：「這個傢伙眼睛賊溜溜的，看人好沒禮貌！」

她說著便將梅花丟在地上，跟婢女有說有笑地走了。王子服把花撿起來，心中悵然若失地回到家。他將花壓在枕頭下，悶悶地睡了。這樣一連好幾天，王子服都不言不語，昏睡在家中。母親問他怎麼回事，他一句話也不說。請了醫生來看，也找不出病因，最後母親只好拜託跟他最親近的舅舅來看是怎麼回事。

舅舅吳生來到王家，王子服一見他就眼淚直流。吳生便坐在他床沿，慢慢問他發生了什麼事，爲什麼茶不思飯不想的？王子服才將自己的心事說出來，吳生笑著說：「你也太癡了吧！這有什麼難的？我會去幫你找那個女孩子的。不過會在村外冶遊的，大概也不是什麼世家女，只要沒有訂親，很容易辦的。不然聘金多給一點也行呀！你最重要的是將身體養好，舅舅會幫你辦好這事的！」

王子服這才放下心來，開始肯吃點東西，也有精神多了。吳生離開王家之後，果然費了點心力去找人，但是打聽了好一陣子都沒有消息。最後他只好到王家，騙王子服說：「我已經打聽清楚了，原來是我姑姑的女兒，算是你的表妹吧！現在還沒訂親，如果眞要提親，不會有問題的。」

王子服聽了欣喜莫名，連忙問她住在那裡？吳生含糊地回道：「西南山中，從這裡走要三十里路吧！」

王子服從此更加神采奕奕，相思病也幾乎全好了。他每天把玩著梅花的枯枝，期待能跟佳人重聚的日子早日來到。但是日子一天天過去，吳生不再來他們家中，託人去問也是毫無音訊。於是王子服一氣之下心想：「三十里路也不是多遠的路程，與其等人家幫忙，不如自己去找找看吧！」

於是他也不跟家人說一聲，自己將梅花的枯枝帶在懷中，負氣出門了。其實他並不知道該往那裡去，只是隱約朝著西南方向的山中走去。山路越走越荒涼，鳥語喧天，綠蔭遍野，卻毫無村落的痕跡。王子服不肯罷休，還是一個勁地往前走，最後來到一條羊腸小徑，突然看到谷底的叢花亂樹中隱約有一個小小的村落，他的心碰碰地跳著，趕忙來到村中。

這個小村落只有幾間茅屋，看來十分雅緻。向北的一間茅屋門前綠柳垂絲，牆內杏桃結實累累，野鳥四處紛飛，王子服便停下腳步，看到對門有一塊高高的岩石，便爬上去休息一下。

這時他聽到牆內有一個女人在嬌聲呼叫著：「小榮！小榮！」

王子服正在側耳傾聽，突然看到一個美麗的女人嬝娜地走到園中，抬頭摘了朵杏花要插在髮上，無意間竟與王子服的眼神相遇了。她噗哧一笑，花也不插了，雙眼含笑地在王子服身上轉了轉，便拿著花回屋裡去了。

王子服一顆心快跳出來了。他認得那個女人，那就是讓他朝思暮想的美麗女子呀！他不知道該如何是好，坐立難安，卻又無計可施。他很想去敲敲門，跟姨婆說明自己的身份，卻又並不清楚是那一個阿姨住在這裡。就這樣折騰了半天，太陽都快西斜了，王子服還是呆呆地坐在岩石上。那個女子又出現過幾回，似乎很驚訝他爲什麼還不離去。

就在夕陽西下時，一個老婦人終於開門出來了。她拄著枴杖走到王子服面前說：

「你是那兒來的呀？聽說你早上就到了，一直呆到現在，是不是有事呀？肚子餓不餓呢？」

王子服連忙下了岩石，向老婦人說：「我是來探親的。」

老婦人問他親戚是誰，他卻答不出來。老婦人不禁笑著說：「眞奇了！名字都不知道，探什麼親呀！我看你是個書呆子吧！你還是跟我來，吃點粗茶淡飯，在我家中休息一晚，明天問淸楚了親戚名字再來探親吧！」

王子服心中一陣狂喜，這正是他求之不得的大好機會。他立刻跟著老婦人回到家中。只見園內的小徑上鋪著白色的石頭，夾道紅花飄落了一地的花瓣。轉個彎，是一個開著粉色花朵的豆棚架，再進去一點才是室內，雅緻整潔，海棠花的枝葉幾乎探入窗內。王子服才坐下來，窗外就有人影晃動。老婦人開口叫了：「小榮，快作飯了！」

外面一個女婢應聲而去。然後老婦人問道：「你的外公家姓吳嗎？」

「是的。」

「那你是我的外甥了！你母親是我妹妹，因爲這些年來家貧，又沒有男人在，所以也沒有去拜訪一下。你長那麼大了，我都不認得了。」

「我是要來看姨的，只是一下子忘了姓氏而已。」

老婦人便說明自己姓秦，沒有生孩子。現在的女兒是姨太太生的，姨太太改嫁之後，女兒就交給她撫養，現在也長大了。說著婢女端上食物來了，於是老婦人勸他用過晚餐，便對婢女說：「去把嬰寧叫來！」

女婢去了，卻只聽得窗外有人嗤嗤笑個不停。婢女將她推進室中，仍然咕咕笑著。老婦人瞪著她說：「有客人在，嘰嘰咕咕地笑什麼，眞是成何體統！」

女孩子忍住了笑，站在一邊。老婦人才說：「這位王先生是我的親戚，算是妳的表哥了。一家人見面卻不相識，眞可笑呢！」

王子服對嬰寧行個禮，問道：「表妹今年幾歲了？」

老婦人不懂他的意思，他再說一遍，嬰寧卻懂了，又開始咕咕笑個不停。老婦人不高興地說：「我平時太少管她了，你看看她都十六歲了，還跟個嬰孩一樣胡鬧！」

王子服說明自己十七歲，尚未訂親。老婦人則說兩人的歲數相當，嬰寧也還未訂親，倒是很好的匹配。王子服一顆心早已飛到嬰寧身上，雙眼炯炯有神地瞪著她看。婢女小聲地向嬰寧說：「妳瞧他那賊溜溜的樣子還是沒改呢！」

嬰寧又大笑起來，對著婢女說：「去看看碧桃開花了沒！」

她急忙起身，以袖掩口，踩著細碎蓮步往外走，到了屋外還聽得到她的清朗笑聲。老婦人這時也站起身來，要婢女為客人準備棉被，她說：「外甥來一趟不容易，不妨多留幾天再回去。如果嫌悶，可以到園子裡走走，或是讀讀書也好。」

王子服便住了下來。第二天，他到後園中走走，看到細草鋪地，楊柳拂面，卻不見佳人蹤影。就在他穿過一叢花徑時，突人聽到樹頭有人嗤嗤笑聲，他抬起頭一看，竟是嬰寧爬在樹上，看到他抬起頭來，笑得更厲害了。王子服緊張地說：「不要笑！不要笑！小心掉下來！」

嬰寧還是笑個不停，一邊爬下樹來，快到地上時一個不小心跌倒了，這才止住了笑聲。王子服將她扶起來，暗中捏了一下她的手腕，她又笑起來，過了好一陣子才停下來。王子服這才將自己帶來的枯花拿給她看。她看了看說：「花都枯了，幹嘛留著？」

「這是妳在上元節時丟掉的，所以我才留起來。」

「留著幹嘛？」

「表示我對妳的戀戀不忘呀！自從上次見妳一面之後，我就得了相思病，每天看著枯花想妳，沒想到今天還能見到妳！」

「這點小事就用不著你操心了！等你要走時，我叫家人捆一大把送給你吧！」

「嬰寧，妳是眞癡還是假癡呀？」

「什麼眞癡假癡？」

「我不是愛花，我愛的是人呀！」

「我們既是親戚，自然相愛嘛！」

「我說的愛不是親戚之愛，而是夫妻之愛。」

「有什麼不同呢？」

「夫妻就是夜裡要同床共枕的呀！」

嬰寧想了一下說：「我不習慣跟陌生人睡覺的。」

這時婢女找來了，王子服便匆匆回到屋中。老婦人問他們在園中做什麼。嬰寧天眞地回答說：「大哥說要跟我同床共枕呢！」

王子服聽得捏了一把冷汗，幸好老婦人沒聽清楚。王子服狠狠地瞪了嬰寧一眼，她卻言笑自若，毫不以爲意。等他有機會時，便小聲地責怪嬰寧。嬰寧卻說：「你剛才不是這麼說的嗎？」

「那是背著人說的話，怎麼能講出來呢？」

「背著他人，怎能背著母親？何況睡覺又不是什麼見不得人的事！」

王子服說不過她，只好隨她去了。沒想到才吃過了中飯，王子服的家人就帶了衙門的人來找了。原來王子服離家之後，母親在村中找遍了都見不到他的身影。後來還是舅舅想起自己說過的西南山中的話，便提醒家人往山中找去。

王子服見到家人來，便跟老婦人道別，並要求帶著嬰寧同歸。老婦人高興地說：「我早想去拜訪妹妹了，但是身體不好，一直走不開。讓你帶著嬰寧見見阿姨也好！」

老婦人叫嬰寧來，嬰寧還是嘻嘻笑笑的，老婦人瞪著她說：「整天笑個不停，有什麼好高興的呀！如果妳不笑，那就十全十美啦！妳準備一下，跟王大哥回去吧！」

老婦人又準備酒席款待王家人，臨行再三叮嚀嬰寧：「姨家田產豐富，多妳一個不嫌多。妳要好好學習做人做事的道理，到時再請阿姨幫妳找個良人嫁了。」

兩人出發時，回頭還見老婦人倚在門邊望著他們呢！回到家中，母親驚訝地問怎麼回事？王子服說嬰寧是他的表妹。母親說：「你舅舅是騙你的，我沒有姊姊，怎麼會有外甥？」

母親問嬰寧的姓氏，嬰寧說：「我不是大娘生的。我只知道父親姓秦，死的時候我還小，一點記憶也沒了。」

「我是有一個姊姊嫁給姓秦的，但是她已經死了好多年，怎麼還會活著？」

正在疑慮之間，舅舅吳生來了，嬰寧躲到屋裡去了。吳生問明白原委，也跟著一陣迷惑。突然吳生問道：「這個女孩子是不是名叫嬰寧？」

王子服答是，吳生這才說出古怪的事情來：「嫁到秦家的姊姊死了之後，姊夫獨居，家中常有狐狸精來搗亂。姊夫死了之後，狐狸精生了一個女兒，取名叫嬰寧，就擺在床上，家人都看得到。姊夫死後，狐狸精還是常來，家人就請了道士作法，狐狸精才帶著孩子走了。這個嬰寧恐怕就是當年的那個小嬰兒吧？」

大家正在一片猜測，室內卻傳出嬰寧吃吃的笑聲。母親說：「這個女孩子倒是有點傻氣！」

請她出來之後，見人便笑，滿室的人因爲她的笑聲也跟著笑起來。很容易便被眾人接納了。她精於女紅，善做家事，家人雖然懷疑她的出身，但卻因爲喜歡她的個性，而慢慢地讓她成爲家中的一員了。

而舅舅吳生卻執意要一訪秦家，他根據王子服所提的路徑走訪，但卻不見田園廬舍，只有一片荒煙蔓草而已。舅舅回家之後，警告王子服的母親說嬰寧可能是鬼，不是人。但是嬰寧可愛的個性戰勝了一切，母親終於同意他們的婚事，在舉行婚禮的那天，滿場仍然只聽得嬰寧的笑聲呢！

4

珊瑚

大成是個孝順的男人。

一個孝順的男人也總是很溫柔體貼的男人。就因爲如此，陳珊瑚有時候會有點傷心，尤其當這個溫柔體貼的男人被迫要表現得堅忍卓絕時，總會讓她有很不忍心的感覺。

珊瑚坐在床沿梳粧，轉身看到黎明微弱的曙光照射在安大成白晰的臉頰上，看起來像是夢中的美男子，但是顯然他並沒有一個快樂的夢，微微皺著眉，眼角也彷彿猶有淚痕。珊瑚很想叫醒他，把他摟在懷中，爲他拭去傷心的淚痕。但又怕吵醒他，打擾了他的睡眠。何況昨天他有點著涼的樣子，半夜都還咳了一陣子呢！

隔壁的房門突然碰地一聲大響，像是有人想把門打破般的悶響。珊瑚手上的梳子嚇得掉在地上，立刻站起身來，雙手顫抖著穿上衣服，匆匆綰好頭髮便出門了。

「妳這個不要臉的賤女人！要睡到什麼時候呀！想賣就出去賣吧！不要在家裡丟人現眼的！」

隔壁的屋中傳來一陣陣可怕的謾罵聲與敲東敲西的聲音。珊瑚不敢回一句話，只是輕輕敲敲門進去，低聲說：「母親早安，抱歉我睡遲了，沒想到您已經起來了！洗臉水一會兒就好了，要不要我幫您綰頭髮？」

躺在床上的老婦人瞇著一雙滿是皺紋的小眼睛，斜斜看了她一眼，哼著氣說：「妳看妳濃粧豔抹的樣子，眞是比青樓妓女還要豔吧！我看我們一家老小的名節遲早要被妳賣掉了！唉喲！死老鬼呀！你這沒良心的東西，這麼早就走了，留下我跟兩個小孩，我好不容易把他們拉拔長大，現在成家的成家，鬼混的鬼混，誰也不理我這個孤老太婆，嗚嗚嗚……」

老婦人嗚咽地痛哭起來。這時房門開了，安大成氣急敗壞地衝進來說：「媽！您怎麼了？誰欺負您了？珊瑚又是妳！不是告訴妳不要惹媽生氣的嗎？」

「我—沒有。」珊瑚小聲地說。

「還狡辯！」老婦人看到兒子來了，精神一振，立刻坐直了身子繼續開罵：「你看看她，你昨天才著涼了，身體有點不舒服，她就打扮成這樣妖里妖氣的，分明想要出去賣的樣子！我的天呀！我們家是造了什麼孽，娶了這樣的媳婦進門！」

「珊瑚！快退下！不要惹媽媽心煩了！我的精神也不好，不要在這裡讓我為難了！」

珊瑚紅著眼睛退出房間。這已經是比演戲還要精彩的戲文，而且每天因為劇本的不同，不斷地搬演新戲。只是劇本都是別人寫的，珊瑚永遠只有挨苦受氣的份。但是她眞的不怨自己的丈夫，安大成是個好男人，只要看他私下對待她小心翼翼的樣子，她就一點氣都沒有了。問題在安大成的母親早年喪夫，孤兒寡母地將兩個孩子帶大，尤其是乖巧的大兒子一直是她心中繫掛與依賴的對象。現在看到大兒子的新媳婦進門了，不論這個媳婦有多乖巧，在她看來總是有點不順眼、不順心的感覺。

珊瑚很了解婆婆的心情，其實她也是女人，她知道自己心愛的人被別人奪走的痛苦，她決定要更努力做個更好的媳婦，讓老人家放心才對。

珊瑚回到自己房中，將臉上的粧全抹去了，披頭散髮的出門去爲婆婆端洗臉水了。等她一臉素淨地又回到婆婆房中時，原本與兒子有說有笑的婆婆看到她立刻臉色一沉，大怒起來：「你瞧瞧！你瞧瞧！這個賤女人分明是在咒我死嘛！大白天的打扮得像個鬼一樣！安的什麼心喲！」

婆婆邊哭邊敲自己的頭，安大成皺著眉頭看著披頭散髮的妻子，生氣地說：「媽說妳兩句就算了！妳怎麼披頭散髮的，心裡不高興專門來作對是不是？」

「我不是——這個意思。」珊瑚低聲回道，一邊拭淚。

「你看看！還敢頂嘴！有這個狐狸精在，我們家眞的要敗光了！」婆婆邊哭邊喊著。

安大成手足無措地站在一邊，看著母親痛哭，妻子流淚，心中慌亂成一團。母親偷眼看他毫無動靜，便又拿頭撞牆，哭嚎得更大聲了。安大成也哭著勸慰母親，無意間看到桌上擺了一根鞭子，那是他小時候母親教訓他用的鞭子，於是他拿起鞭子，朝珊瑚的方向揮去。在潛意識中，他只希望珊瑚能逃走，這樣他的母親就不會總是爲了他尋死尋活了。這樣的母愛對他來說是太沉重了。

但是珊瑚沒有逃走，她直挺挺地跪在地上，接受他的鞭打，血沿著她的臉頰流下，那也是一種沉重的愛吧！一種他無法承受的愛！

母親看到安大成鞭打珊瑚，這才停止了哭泣。但是對於這個進門三個月的媳婦她從此有了戒心，不但從此一句話也不跟她說，連她送來的飯菜也都丟在地上，一口也不吃。凡事一定要安大成親力親爲，才肯罷休。

安大成知道母親的心意，慢慢地晚上也不敢回房睡覺，只在母親房門邊小間的客房中睡下，以讓母親安心。但是母親還是心中有氣，每天指桑罵槐的，讓一家老小都不得安寧，連還在上學的弟弟二成都感到家中的氣氛不對勁，一天晚上偷偷問他是怎麼回事？

「哥！你是不是跟嫂嫂吵架了？我今天看到她一面洗衣服一面在哭呢！」

「小孩子！沒事不要亂說！都是她自己不好，不懂得討老人家歡心，能怪誰呀！母親辛辛苦苦把我們養大，我們回報都來不及了，怎能讓她傷心呢！」

安二成欲言又止，這時母親在房中叫了，安大成應聲匆匆而去。安二成轉身瞧見珊瑚紅著眼睛站在牆角拭淚，他嘆了口氣，什麼也沒說，逕自回房去了。

母親見安大成進來，立刻指著一件衣服說：「家門不幸，才會有這樣的敗家媳婦！你看，這件衣服原本好好的花樣，被她洗成這樣，還當我是人嗎？」

安大成接過那件繡花涼衫，有點摸不著頭腦：「衣服怎麼了？不是好好的嗎？」

母親聽他這麼一說，立刻驚天動地的哭喊起來：「死鬼呀！都是你去得早！兒子不孝，媳婦也反了！我一頭撞死，跟著你去吧！」

安大成放下衣服，嘆口氣說：「當初娶妻就是要來侍奉母親的，現在鬧成這個樣子，不如不娶算了！」

於是安大成立刻將珊瑚休了，要一位老嫗幫他送回娘家去。他心中隱隱作痛地看著珊瑚離開家門，忍不住又跟著走出了門口。誰知珊瑚才出了家門不遠，就哭倒在地說：「我既然嫁到你們安家，生是安家人，死是安家鬼！我沒有臉回家去見父母親！」

珊瑚哭著拿出袖中的剪刀就要刺喉自殺，安大成急急趕去阻止她。鮮血噴到他的衣衫上像是滴滴情淚。安大成與老嫗便急急將珊瑚送到附近一位嬸嬸家去。這位嬸嬸姓王，一直寡居無伴，剛好珊瑚來了能陪陪她，也順便調養身心。安大成就讓珊瑚暫時在王嬸嬸家住下了。

安大成回家之後，立刻換去衣衫，並警告老嫗不要將這件事告訴母親，但私下還是要老嫗不時去探望珊瑚一下。過了幾天，他聽說珊瑚的病好了，便到王嬸嬸家去，要王嬸嬸將珊瑚送回娘家。王嬸嬸說：「你進來！你進來！你們夫妻一場，有話不妨直說。她也沒犯什麼錯，爲什麼要被你休妻呀？」

「王嬸嬸，我這是有苦難言呀！無論如何，請您一定要將珊瑚送回娘家！」

這時珊瑚打開門簾，走進客廳，低聲問道：「請問珊瑚何罪？」

「妳不能孝敬母親，一家大小都因爲妳的不懂事而鬧得雞犬不寧，我實在沒辦法再留妳了。」

珊瑚沒有說話，只是低頭默默垂淚。她的舊創又裂了，白色的衣衫上全是血痕。安大成心中不忍，也跟著掉了淚，然後一句話也沒說地轉身走了。

過了幾天，安大成的母親聽說隔鄰的王嬸嬸自作主張留下了珊瑚，便盛氣凌人地到王嬸嬸家趕人去了。她一進了門便大聲罵道：「我說王嬸呀！妳要找個丫環也要挑個手腳乾淨的，怎麼我們家珊瑚被休了，卻被妳留在這裡？」

王嬸嬸也不是省油的燈，她立刻回道：「媳婦既然被妳休了，就不是妳媳婦啦！我收留的是陳家的女兒，不是你們安家的媳婦，妳憑什麼來管別人家的閒事呀？」

安大成的母親說不過她，一鼓氣堵在胸口，又羞又惱，不禁大哭起來，衝回家去了。珊瑚在裡面聽到婆婆的哭聲，心知不妙，便想要搬走。

原來安大成的母親沈氏有一個姊姊姓于，六十多歲，兒子已經死了，家中只有一個年幼的孫子與寡居的媳婦。珊瑚初嫁時，于老太太對珊瑚很友善，也常常與她聯絡。珊瑚這時想到了于老太太，便辭別了王嬸嬸，逕自到于老太太家投宿去了。

于老太太看到珊瑚非常驚訝地問道：「珊瑚，怎麼這麼大老遠的一個人跑來？大成呢？沒陪妳來呀？」

珊瑚一聽就掉了淚。她將事情的原委說清楚，于老太太氣憤地說：「我這個妹妹呀！真是越老越昏庸！不要怕！我送妳回去！」

「不！不！不！您只要收容我住下，我會幫忙家務事，不讓您煩心的。還有千萬不要將我的事告訴婆婆，免得她老人家又生氣了。」

于老太太無奈地看看珊瑚，知道她心意已決，便讓她住下。從此珊瑚日夜紡紗賺錢，自給自足。珊瑚的兩個哥哥聽說她的遭遇，都心疼她，要她回家來，另外再幫她找一個婆家嫁了。但是珊瑚不肯，她已經決定就要這樣獨居下去了。

安家自從休妻之後，惡名遠播，沒有人再敢將女兒嫁到安家來。沈氏雖然四處託媒人替兒子說親，但始終沒有下文。就這樣三四年過去了，安二成也長大，到了定親的年紀。於是母親先替二兒子訂了一門親事。

安二成的妻子名叫臧姑，個性潑辣驕悍，因此一直都沒有人來提親。好不容易碰上安家的人在找媳婦，於是臧姑的父母立刻同意了婚事。臧姑嫁進門之後，安家就完全變了一個樣子。沈氏雖然個性堅強，脾氣暴躁，但並不是壞心眼的女人。而臧姑不同，不但脾氣乖戾，性情也與常人不同。有一次沈氏要她做一點家事：「臧姑！妳好歹也要做點家事，我娶媳婦不來侍候我，還要我來侍候的呀！」

「哼！我早聽說妳不是什麼好相處的婆婆了！不然大哥也不會休掉珊瑚了！聽

著！我可不是珊瑚！我不吃妳這一套！」

臧姑說著調頭就走，安二成剛好進屋，看到家中氣氛不尋常，忙問怎麼回事？臧姑二話不說，拉著丈夫就走了。剩下沈氏一個人拿著掃把，氣鼓鼓的站在原地。剛好安大成回家來，看到母親一個人在掃地，便自告奮勇地幫忙。從此臧姑便名正言順地不做家事，家中大小事宜都由安大成及母親負責。安大成及母親敢怒不敢言，只有私下相處時，相對飲泣。

過了沒多久，家事操勞再加上心情鬱卒，母親終於病倒在床，安大成日夜照拂，一點休息的時間也沒有，一雙眼睛都是紅通通的。偶爾他要弟弟二成來幫忙照顧一下母親，往往二成才剛進房，臧姑就在房間裡喊他，他只好又匆匆離去。這樣過了沒多久，安大成覺得受不了了，便想到去找于姨來幫忙。

他來到于姨家哭訴一番，話還沒說，卻見珊瑚從簾幕後出現了。安大成一時怔住了，一句話也說不出來。他紅著臉，站起來就要走。珊瑚伸出雙手擋住門口，不讓他走，他一急之下只好低頭從珊瑚的腋下衝出去。安大成回家後覺得心情悸動，但卻一句話也不敢跟母親說。

過了幾天，于姨來訪。安大成的母親很高興的要她留下來住，還跟她說了好一陣子的話，似乎病情也變好了一點。從此于姨家每天都會派人送東西過來，不是寡媳送一些甜粥來，就是小孫子送美食來。于姨告訴媳婦說：「這裡又沒人餓著，快別送東西來了。」但是于家的東西照樣每天送到。于姨也不吃那些東西，全部拿給生病的妹妹吃了。

慢慢的，沈氏的身體漸漸康復。一天她很感慨的說：「于姊，妳有這麼好的媳婦，眞是前世修的福報呀！」

「是嗎？妳以前休掉的那個珊瑚怎麼樣呀？」于姨小心翼翼的問道。

「嗯！倒是不會像這個某某某那麼囂張跋扈。不過，沒法跟妳的媳婦比吧！」

「珊瑚在的時候，任勞任怨，什麼事都做。妳罵她，她也不回口，怎麼會比不上我的媳婦？」

沈氏聽了這話便有點傷感，再想到自己的境遇不禁流下淚來。她感傷地說道：

「也不知道珊瑚再嫁了沒？」

「誰曉得，去打聽看看吧！」于姨便簡單地打住了談話。

過了幾天，沈氏的病好了，于姨便想要離開了。沈氏卻哭著說：「姊姊，妳這一走，我一定又是死路一條了。」

於是于姨與安大成商量兩兄弟分家的事。安二成將分家的事告訴了臧姑，臧姑不高興，衝著安大成與于姨罵了好一陣子：「你們在打什麼鬼主意我會不知道呀？分明是欺負我們是老二，想要獨吞家產是不是？我臧姑可不是好欺負的！妳這個老太婆，憑什麼來管我們家的事？」

「妳在胡說什麼……」于姨氣得說不出話來。

「好啦！好啦！都不要吵了！這樣吧！那兩畝良田就都給你們好了，剩下山腳的兩塊薄田歸我吧。」

臧姑聽了這才閉口，兄弟倆就這樣分家了。

于姨回去後的第二天，便派了一輛車子來接沈氏。沈氏來到于家，一下車就說要見那個賢德的媳婦，並極力稱讚她一番。于姨說：「女孩子家嘛，就算是十全十美了，也總還是會有些缺點的，最重要的是我能包容她，不在意那些缺點。如果是妳的話，我看就算是像我媳婦這麼好的人給妳，恐怕妳也不會珍惜吧！」

沈氏面紅耳赤地說：「眞是冤枉呀！妳當我是石頭還是木頭人呀？我也是有感覺的人，是香還是臭，我會分不出來呀！」

「哦？那我問妳，如果妳是當年被休妻的珊瑚，想到自己的丈夫時，會有什麼反應？」

「這還用說，當然是罵死了！」

「那妳覺得她罵得有沒有道理呢？還是根本不該罵？」

「人嘛，總難免會有一些缺點的。因爲我知道自己的兒子不好，所以我想她一定會罵他的。」

于姨看了她一眼，發現她是眞心誠意的懊悔，便說道：「應該怨恨的事不怨恨，就是眞正有仁德的人。應該離開了卻不離開，就是眞正有愛心的人。你這一陣子所吃的山珍海味，其實都不是我媳婦送的，而是妳自己的媳婦送的。」

沈氏驚訝地問道：「妳在說什麼呀？」

「這幾年來，珊瑚一直寄居在我們家裡。她日夜紡紗賺錢，妳生病時吃的好東西都是她自己花錢買來的。」

沈氏立刻流下淚來，傷心的說：「我那有臉見她呀！」

于姨就叫珊瑚出來。珊瑚含淚而出，伏跪在地上。沈氏痛哭不已，還自己打自己的臉。婆媳倆都心情激動不已，于姨勸了許久才算平息。沈氏與珊瑚兩人總算又成了婆媳關係。

沈氏在于家住了十幾天，然後帶著珊瑚回家。安大成心中狂喜，見了珊瑚卻一樣手足無措。珊瑚卻沒說什麼，只是自己收拾起東西，下廚做飯去了。安大成這才安下心來跟母親聊起天來。

「咦！大成，你又在幫人寫什麼啦？」

「是啊！實在是那幾塊薄田要維生眞是不容易呀！鄰村的老張要告官，託我寫個狀子，賺點零花錢吧！」

「唉！你那個弟弟呀！眞是個沒用的東西！娶了惡媳婦就連老母親也不管了！他家現在可是吃得好穿得暖的，也不知道賙濟一下別人。」

珊瑚端了飯菜出來，放在桌上說：「媽，吃飯了。我們不要去跟人求情吧！我會做針線活，很多人喜歡找我做東西的。等我收到錢，家用就沒問題了。」

沈氏點點頭，坐下來吃飯。安大成偷偷看了珊瑚一眼，只見她自顧自地盛飯，頭也不抬。安大成便也不多說，自個兒坐下來吃起來了。

那天晚上臨睡前，沈氏打著呵欠說：「忙了一天，我也累了，我先去睡了。你們倆也早點睡吧！」

安大成唯唯諾諾目送母親回房，再轉身回頭一看，珊瑚已經打開門簾，用眼睛示意他進臥房來。安大成低著頭，紅著臉走進了重新是自己妻子的珊瑚的懷中。

安大成一家從此過著平靜日子，但是隔鄰的安二成家卻並不安寧。富裕的生活使臧姑更加的盛氣凌人，她瞧不起自己的婆婆、大伯，尤其看不上眼那個被休妻還敢再回家的珊瑚。在路上只要看到珊瑚，她一定是把頭扭開，不把珊瑚當人看。在家中，她不但虐待丈夫、婢女，連路過乞食的乞丐都會被她罵跑。

有一天一個婢女受不了她的虐待，上吊自殺了。這個婢女的父親一氣之下告到官裡，縣官便派人來抓臧姑。二成不忍心妻子受苦，代她出庭受罰。二成受了鞭打責罰之後，縣官仍然把臧姑抓來關了。安大成到處奔跑求情，都沒有著落。臧姑在獄中十個指頭的指甲都被打脫了，見到二成便哭著要他救命。最後二成只好將兩畝良田拿去典當，借了許多黃金送給貪財的縣官，臧姑才被釋放回家。

臧姑平安回家了，債主便來討債。二成逼不得已，只好將良田全數賣給村中一位姓任的老翁。任老翁知道良田是當初大成讓給二成的，便要大成也出面簽署買賣契約。安大成到了任老翁家，突然聽到任老翁自言自語的說：「我是安孝廉。你這個任老頭是誰呀？敢賣我的產業？」

「父親——」安大成嚇得說不出話來，但聽那聲音分明是父親在說話。

「冥王感念你們夫妻的孝心，放我回陽間見你一面。」任老翁又說了。

「父親有靈，快快救弟弟一命。」安大成哭泣著說。

「逆子悍婦，我也管不了了！快回家拿黃金來贖回祖產。」

「家裡每天只能勉強渡日，那有什麼黃金可以拿？」

「紫薇樹下藏有黃金，可以拿去用。」

說完這句話後，安大成再問，任老翁也一句話不說了。過了一陣子，任老翁突然清醒過來，似乎完全不知道剛才發生了什麼事。

安大成回家後把這件事告訴了母親，但仍然半信半疑。臧姑聽說了，卻立刻派了工人來挖地洞，深及四五尺，只見磚石，什麼也沒有，失望的回去了。安大成聽說臧姑來挖地洞了，便警告妻子與老母不要去看，免得惹事生非。後來聽說一無所獲，便算了。

到了黃昏時分，安大成的母親看到樹下一個大洞，忍不住趁四下無人去偷窺一下，果然只有雜草磚石，也就回去了。過了一陣子，珊瑚出來收拾晾乾的衣服，也看到那個大洞，便過去瞧了一瞧，卻見到土中一堆亮澄澄的黃金，立刻跑回家告訴丈夫。安大成便跟著珊瑚來到地洞邊，果然看到黃金滿地。

安大成知道這是先父的遺產，不忍心自己一個人獨吞，便要二成一起來搬黃金。二成拿了一個袋子過來，兩人平均分配了一下，各自拿了自己的黃金回家了。

二成回到家，臧姑立刻要他把袋子打開來，看看黃金有多少。誰知他們一打開袋子，裡面全是泥土礫石，兩人都嚇了一跳。臧姑說：「唉呀！你一定中計了！快去哥哥家看看！」

二成來到大成家，卻看到大成將黃金擺在桌上，正在跟母親興高采烈的談論這件事呢！二成把發生的事告訴了大成，大成心中也害怕起來，又同情弟弟的遭遇，便將黃金又都送給了弟弟。

二成拿了黃金去贖回了田產，回到家不停的稱讚哥哥的大恩大德。臧姑卻冷笑地說：「這下你可知道大哥在耍詐了吧？天下那有自己只分到一半，還肯把自己那一半送人的？」

二成心中半信半疑。第二天一早，債主的僕人來敲門說：「昨天你送來的黃金都是假的，主人要告官哪！」

夫妻兩人急得臉色發白。臧姑火上添油的說：「你看吧！我就知道天底下沒有這麼好的人！他明明是想整死你嘛！」

二成急得趕忙往債主家求饒，債主不聽他解釋，最後逼得二成只好又拿出田產券契，讓他自行出售，才算把假黃金贖回來了。

二成把黃金帶回家之後，仔細看看，有兩錠金子已經被切開來，原來是四面包金，裡面不過是黃銅。臧姑就跟二成商量，把斷掉的金子藏起來，剩下的還給哥哥，看他怎麼說。她還要丈夫這麼跟哥哥說：「每次都是你讓我，實在是於心不忍。我只留了兩錠金子，當作紀念吧。現在我的產業跟哥哥差不多了，其實也不需要太多的良田。反正我的田產已經賣了，要不要贖回，哥哥就自己決定吧！」

大成不知道二成心中有什麼鬼主意，只是一味的謙讓。但是二成堅持不接受，最後大成只好收下黃金，秤了一下還差五兩，便要珊瑚將自己的飾品拿去典當，換了五兩金子回來。

大成將黃金湊足之後，拿去債主家。債主懷疑黃金有問題，便當眾剪開，果然是十成十的眞金，於是他將田契又還給了大成。

二成將黃金還給大成之後，知道其中必然會出差錯，但是過了不久，卻聽說大成把田產贖回來了，不禁丈二金剛摸不著頭腦。臧姑卻不是省油的燈，她立刻衝到大成家開罵了：「我就知道你沒安的好心！當初在挖金子時你就已經留了一手，還假仁假義的要幫我們贖田產，原來是自己想要獨吞吧！」

安大成這下才明白爲什麼弟弟要把黃金退還給他了。他一時之間氣得說不出話來，珊瑚卻笑著提醒他說：「田產不是還在嗎？氣什麼氣呢？」

大成便把田契拿出來，還給了臧姑。一天晚上，二成作了一個夢，夢見父親責備他說：「你既不孝順母親，又不尊敬兄長，現在你的死期已經到了，就算是一小塊土地也不屬於你了，你還霸佔著祖產幹什麼？」

二成醒來之後，憂心忡忡。臧姑問他怎麼了？他告訴臧姑這個惡夢，臧姑笑他說：「我看你是睡太多了，才會有精神胡思亂想！」

過了沒多久，二成的兩個兒子，老大七歲，竟然生天花病死了。臧姑害怕了，要二成把田產退還給哥哥，說了半天，大成卻不肯再拿。過了沒多久，三歲的二兒子又死了。臧姑更怕了，自己拿了田產地劵到哥哥家去，放在桌上轉身就走。

5

江城

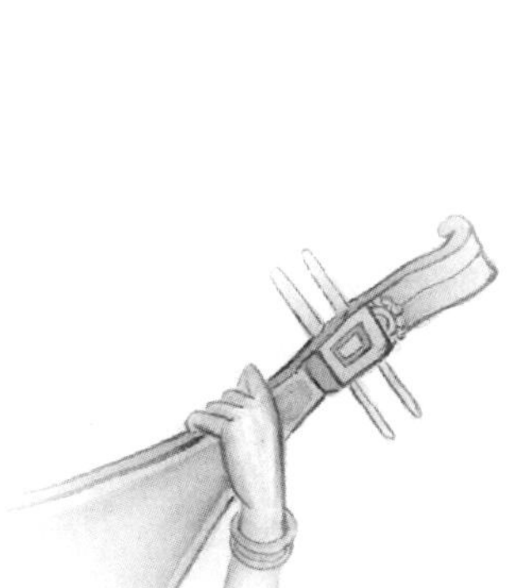

秋天的流雲在天空中轉換著不可思議的形貌，像是一種不可捉摸的女子的心情。

英挺飄逸的高蕃神清氣爽的走在街上，享受著秋日特有的明朗氣氛。他喜歡下學後穿梭在這些舊日熟悉的小街巷裡，尤其是當一些躲在窗畔的女子對他投以傾心的微笑時，他的心中更如漲滿了的風帆，可以駛向世界的盡頭。

其實從初春開始，已經有很多富家女來向他家提親了，不幸的是高蕃的心比天高，尋常的女子很難捕捉到他的。這個秋日的午后，高蕃一路行來，已經不知有多少女子爲他神魂傾倒。但是他毫不動心，他只是喜歡這種遊戲，一種誰也捕捉不到他的

遊戲。

不知不覺間，高蕃來到一條比較清靜的巷子裡，他正想轉個彎，離開這條巷子，突然之間他看到一個人，一個美人，像是縈迴在他夢中的一個仙女，現在就活生生的站在他的面前，於是他的三魂七魄就都不再屬於他了。

高挑美麗的女子身邊跟著一個六七歲的小丫環，兩人正有說有笑地走著。看到高蕃，她便停了下來，似乎想要打招呼，卻又有些矜持。高蕃的心跳得很快，但他不敢正視眼前的美人，只好偷偷的一瞥。他知道他一定認識這個麗人，不是在夢中，就是在記憶的深處。

就在這時候他一個不小心，踢到一顆石頭，差一點跌倒。那個女子掩嘴笑了起來，嬌俏的模樣讓他更心慌，不過他已經知道這個美人是誰了。小時候他家租給一位姓樊的教書先生，樊老先生平日在市街上教授兒童識字。他有一個女兒，名叫江城，與高蕃同年，兩小無猜，每天都在一起玩耍。後來樊老先生搬走了，高蕃就沒再見過江城了。

現在江城就在他眼前，還是當年那個可愛的女孩，只是變得更成熟，更勾魂懾魄了。高蕃不知道要如何表達，平時的伶牙俐齒現在全部不管用了。他想了一下，就在越過江城身邊時，故意將袖子裡的一塊紅巾落在她身邊。

高蕃心中依依不捨地慢慢走開了。那名丫頭卻傻傻的撿起紅巾遞給江城。江城把高蕃的紅巾塞在袖中，再將自己的紅巾抽出來，遞給丫環說：「高秀才是正人君子，不可以隨便拿他的東西，快追過去還他。」

丫環果眞追了過去。高蕃見到江城送還的是她自己的紅巾，不禁心中狂喜，回家的一路上有如飄在雲端。

「蕃兒回家啦！」母親見了他很高興的叫道：「怎麼，一臉得意的樣子，是不是在學堂上受到獎勵啦？」

「媽！我想跟您商量一件事。您不是說老是有人來提親，都被我拒絕了嗎？現在我已經有一個我喜歡的對象了，您可以去提親了。」

「哦？是誰家的姑娘呀？難得會被你看上眼呢。」

「就是以前跟我們家租房子的樊老先生的女兒江城嘛。」高蕃說到江城的名字，心裡還怦怦地跳著。

母親一聽便皺著眉說：「她家連間屋子都沒有，到處搬家，生活一點也不安定，怎麼配得上你？」

高蕃卻回答得很堅決：「是我自己要的，絕不會反悔的。」

母親心中卻仍然有很多疑惑。到了晚上，她與高蕃的父親高仲鴻商量。高仲鴻一聽就大力反對：「蕃兒眞是越來越不像話了。平時都聽他的，他說聲不，我立刻回絕別人，也不管人家是什麼達官貴人。現在可好了，他自個兒倒想娶個窮人家的女兒。我回絕的那些人家那個不比她強呀！」

高仲鴻堅持不讓兒子去江城家提親，高蕃心中鬱悶不已，連飯都吃不下了。幾天下來，高蕃就瘦了一圈，臉色變得很難看。母親心中不忍，就跟父親求情說：「你也不要太堅持了。你看兒子茶不思飯不想的，不要鬧出病來了。這樣吧！我想樊家雖然窮一點，畢竟是讀書人，不是什麼流氓無賴的，我想去見見樊家的女兒，如果眞的適合蕃兒，娶來也錯不到那兒去的。」

高仲鴻年紀也大了，家中又只有這麼一個寶貝兒子，實在也不忍心見他吃苦，便也同意了。高蕃的母親便託人叫江城到黑帝祠去燒香。到了廟裡，高蕃的母親見到江城明眸秀齒，舉止落落大方，立刻喜歡了。她就跟江城的母親攀談起來，不但據實以告，還送了許多金帛當作訂親禮。樊母謙讓了一陣子，最後終於接受了。

高蕃的母親回家之後，把事情經過告訴了高蕃，高蕃這才笑逐顏開，飯也吃得下了。

到了歲暮年終，高家便挑了一個吉日，將媳婦迎娶回家了。高蕃終於娶得意中人，自然是心花怒放，對妻子百依百順了。

雖然江城很受丈夫與家人的寵愛，但是不知道爲什麼總是很容易心情不好，動不動就生氣。尤其是如果高蕃在街上多看了別人家的女人一眼，回到家就有打不完的架了。有一天高蕃回家，剛要跟妻子打招呼，江城卻碰的一聲將繡花鞋丟在他臉上。高蕃戰戰兢兢地問道：「又怎麼啦？」

「你自己看看幾點了？說好要四點回家的，現在都六點了，這兩個鐘頭時間你跑那去啦？」

「剛好在路上碰到鄰村的王小二，兩人一聊就忘了時間嘛！」

「你就知道跟人聊天，老婆在家等也不管了！你算那門子的丈夫呀！」

江城說著又要丟東西過來，高蕃怕她打，就逃出門外。江城見他逃走，乾脆把門一鎖，不讓他進來了。高蕃不敢叫門，也不敢回父母家，就屈膝在門簷外蹲了一晚。

高仲鴻夫妻早已經清楚小倆口相處不睦的問題，但是只要一出面干涉，江城的火氣就更大，對高蕃的折磨也更狠毒。到最後兩老只好裝聾作啞，反正是兒子選的媳婦，是他的最愛，再苦他也甘願吧！

自從被江城關在門外過後，高蕃的日子更不好過了。不是每天被踢被打，就是長跪在地，一夜不准起身。高蕃心中愛著妻子，不以爲苦。但是兩位老人家實在受不了媳婦的惡行惡狀，最後逼她回娘家，算是休妻了。

江城被送回娘家後有點心虛了，便託友人向夫家說情，但高仲鴻心意已決，不再理會她。

一年過後，一天高蕃外出，剛好碰到岳父樊老先生。樊老先生便邀請他來家裡，不但向他當面謝罪，還要江城出來道歉。江城依然美麗動人，高蕃見了便有些不捨。兩人眉來眼去的，彼此心中都有些惆悵。到了黃昏日暮，吃過飯後，樊家堅持要高蕃留下來過夜。於是高蕃與江城又重新做了夫妻。

第二天天亮時，高蕃才離開岳家，偷偷回到自己家中。他不敢把實情告訴父母親，只是每隔三五天就去岳家住一晚。過了不久，一天樊老先生到高家求見，高仲鴻不肯見他。樊老先生在門外求情許久，又託友人說情，最後終於見到高仲鴻。

樊老先生請求親家翁讓江城回家，高仲鴻說：「他們小倆口的事我也管不了了。

是高蕃自己不要她的，不干我的事。」

「可是昨天高蕃在我家住時，卻沒說不滿意的話呀！」

高仲鴻驚訝的問道：「他什麼時候去你家住了？我怎麼不知道？」

「令公子每隔三五天就會來舍下小住，閣下怎麼會不知情呢？」

樊老先生說著偷窺了高仲鴻一眼，只見高仲鴻滿面通紅，一時氣得說不出話來。隔了好一陣子，他才開口說：「我眞的不知道。如果他眞的喜歡你家江城，我又何必跟她過不去呢？」

樊老先生告辭之後，高仲鴻把兒子叫出來問。高蕃卻只是垂頭默默不語，高仲鴻一肚子氣，卻無可奈何。父子倆才在生著氣，樊家已經將江城送來了。高仲鴻氣鼓鼓的對高蕃說：「我可不想再替自己找麻煩了。你們要過日子就自己過吧！從今天起你自立門戶！」

高仲鴻說完轉身就走，樊老先生在後面勸他也不聽。高蓄只好與父母分居，另外住在一間獨立的院子裡。

兩人過了幾個月安靜的日子，高仲鴻夫妻以爲兒媳婦終於改變了自己的習性，正在爲兒子慶幸時，一天高蕃來家裡問安，母親看到他臉上有抓痕便問道：「蕃兒，你臉上怎麼啦？東一道西一道的，像是給貓爪子抓了一樣？」

「哦！沒什麼。我不小心撞到的。我先走了，明後天再來了。」

高蕃匆匆走了。高仲鴻在他身後卻搖頭嘆氣說：「我看八成是被他媳婦抓的。這個兒子怎麼這麼不走運，千挑萬選，偏偏選了一個夜叉回家！唉！」

又過了一陣子，一天高蕃突然氣喘吁吁衝回父親的家，母親問道：「怎麼了？像是被鬼抓了一樣？臉色都發白了。」

「江城她——」

高蕃的話還沒說完，就聽到江城叫罵的聲音進門了：「你躲吧！我看你能躲到什麼時候？今天不給我一個交代，我絕不饒你！」

江城手中拿了一條鞭子走進高家，見到高蕃衝上去就是一陣好打。高仲鴻夫妻在旁邊拉著勸著，卻也被鞭打了好幾下。江城打到手軟了，才悻悻的離去。

高仲鴻氣上心頭，要把兒子趕走：「你滾吧！我就是怕吵，才跟你分家的。既然你愛她，喜歡被她虐待，幹嘛又要逃？」

母親卻擔心兒子沒有去處，萬一有個三長兩短就不妙了。她讓兒子一個人住在一間小屋中，讓他安心的吃點東西。之後才請人去叫樊老先生來，要他親自教訓一下女兒。

樊老先生灰頭土臉的來了，跟江城好說歹說，卻是一句話也聽不進去。最後樊老先生跺著腳說：「眞是氣死我了！妳自個兒過日子好了，從此我不認妳這個女兒了！」

樊家父母也不再管江城的事了。過了沒多久，樊老先生心中鬱悶，生起病來，很快就死了。不久樊老太太也跟著去世了。江城恨自己的父母沒有幫上忙，就不去弔喪，每天只在隔鄰對著夫家叫罵。

高蕃一個人獨居，心中十分淒涼，又想念江城，但那個家實在回不去了，於是他私下託鄰人李氏幫他招妓。妓女經常在夜間來他的住所，天明再去。

過了沒多久，江城也聽說了招妓的事，便到高蕃住的小屋前謾罵。高蕃被她罵怕了，便出來辯白：「妳不要隨便誣賴好人！我發誓眞的沒有招妓，如果有的話天誅地滅！」

江城聽了才悻悻回去。不過從此她決定要想個辦法來整高蕃。有一天她偷窺到李氏自高蕃住處出來，便衝上前去攔住她，惡狠狠地說：「妳老老實實說眞話，我就饒妳一命。否則的話，看我不把妳的皮給剝了！」

李氏早已知道她個性剛烈，說一不二的，便不敢不照實說：「這半個月來，只有勾欄院的李雲娘來過兩回。剛才公子說在玉笥山見到陶家的媳婦，很喜歡她那雙翹翹的三寸金蓮，就要我幫忙約她見面。陶家媳婦雖然不是什麼三貞五烈的女子，不過要叫她做妓女，未必肯答應。」

「哼！憑他那德性也想招妓！眞是丟人現眼！」江城見李氏說得誠懇，知道她沒有騙人，便放她一馬。

「這下沒我的事了吧？我可得走了，家裡還有衣服要洗呢！」

「唉呀！急什麼，好不容易碰到面，正好多聊一下。來！到我家來喝杯茶。」

江城不由分說將李氏拉到自己屋中坐下。磨磨磳磳到了黃昏時分，眼看天色逐漸暗了，江城才對李氏說：「大嬸，我想妳也很同情我的境遇。碰到這樣的丈夫，眞是前輩子倒了大霉。這樣吧！妳先到高蕃的房間去，告訴他陶家媳婦要來了，然後要他把蠟燭熄滅了，我自有辦法對付他。」

李氏這時只想早點脫身，便答應了她的要求。高蕃果然很高興地吹熄了蠟燭。江城在一片昏暗中悄悄潛入高蕃的房中，高蕃欣喜若狂，立刻拽著她的手臂要她並肩坐下，同時嘮嘮叨叨地傾訴著衷情：「陶家妹子呀，自從上次在玉笥山見了妳一面之後，我每天茶不思飯不想的，就只想著要再見妳一面，現在終於如願了……」

女子聽著他嘮叨卻一句話也不說。高蕃得寸進尺地伸出雙手握住她的雙腳：「上次在山上見到妳的三寸金蓮之後，就一直戀戀不忘。」

女子仍然一聲也不出。高蕃以爲她害羞便說道：「相思許久，終於有緣再相聚，讓我看看妳美麗的模樣吧！不要見了面卻不相識，豈不太遺憾了。」

高蕃起身點燃燭火，對面一照，竟然是自己的妻子江城，嚇得蠟燭也掉了，他只能跪在地上，全身發抖，一句話也不敢說。

江城便提著他的耳朵，將他抓回家。不但用針刺他的臀部，還要他睡在地板上，只要一醒來便罵個不停。高蕃從此就像是生活在牢獄之中的犯人，處處都要看獄卒的臉色才能過活。

一天，江城的二姐夫葛生邀請高蕃來家中飲酒。原來江城有兩個姐姐，大姐溫順和氣，不善長說話，跟江城一向合不來。二姐爲人狡黠善辯，喜歡顧影弄姿，雖然美貌比不上江城，但是悍妒的習性卻不相上下。因此兩姐妹只要碰到一起，便彼此誇耀自己的馭夫術如何高明，一聊起來就沒完沒了的。所以平時高蕃到任何親戚家，江城都會不高興，但只要說是到二姐家，就會特別通融。

這天高蕃迫不及待來到葛家，兩個難兄難弟一起喝酒，最後都爛醉如泥。趁著酒意，葛生取笑高蕃說：「老弟呀！你幹嘛那麼怕老婆呀？」

高蕃也笑著回敬說：「天底下的事有很多是難以用言語說明的。我怕老婆，是因爲我老婆長得漂亮。有的人，老婆長得也不怎麼樣，卻一樣怕得爲她作牛作馬，豈不更奇怪？」

葛生聽了一時之間答不出話來。在旁邊伺候的婢女卻聽見了，立刻跑去告訴二姐。二姐一聽大怒，立刻拿了一根棍子來趕人。高蕃看到她一臉兇相，氣衝衝地趕來，知道大事不妙，立刻忙著起身要走。

「高蕃！你剛才說什麼啦？我什麼時候得罪過你了，要被你這樣批評呀？」

二姐又吼又罵的，高蕃急急穿上鞋子就想跑，但是二姐的動作更快，棍子一揮就打他的腰，他立刻跌倒在地。二姐連打了三下，他也跌倒了三次，一不小心，棍子揮到他的頭上，鮮血直流，二姐看了也怕，這才住手。高蕃便蹣跚地回家了。

高蕃回到家後，江城看到他一身是血，嚇了一跳，立刻逼問他是怎麼回事？

「你不是去喝酒嗎？怎麼像是跟人去打架了一樣？」

「哦！沒什麼啦！喝多了點，在路上跌了一跤，摔破頭了。」

因爲是被江城的二姐打的，高蕃不敢說實話，以免又激怒了她。

「你騙不了我的！老實給我招出來，是被誰打的？」

「是——是妳二姐打的啦！」

江城一聽大怒，沉著臉說：「別人家的丈夫，還輪不到她來打！」

她說著用一塊棉布將高蕃的頭傷綁好，然後自己換了輕便的衣服，拎著一根木棍，帶著一個婢女就到二姐家去了。

二姐見到她來，笑嘻嘻地迎接她。她卻二話不說，拿起棍子劈頭就打。二姐被打得褲子裂了，牙齒也掉了兩顆，痛得倒在地上大哭。

江城的氣消了一點，才又拎著木棍回家了。二姐氣不過，要丈夫去找高蕃理論。高蕃見到葛生，立刻向他道歉。葛生見他極意溫卹，便私下對他說：「我這是不得不來，其實我們家那個兇婆子早欠人修理了，這下子她們倆姐妹自己打自己，我們哥倆好，何必跟自己過意不去呢！」

江城卻已經聽到他說的話，衝出門來叫道：「你這不要臉的男人！妻子受了委屈，你卻在外面跟人家偷偷結拜兄弟，這樣的人不打怎麼行！快給我把棍子拿來！」

葛生見到她來真的，立刻奪門而出。從此高蕃唯一的交往對象也斷絕了。

一天，高蕃的同窗好友王子雅來訪。高蕃便留他一起喝酒。兩人喝得微醺，不知不覺說起閨房中的私事來，同時還彼此取笑不已。江城聽了一肚子火，便用一種有毒的巴豆加在湯中，拿去給王子雅喝。

王子雅喝了湯之後腹痛如絞，大吐特吐，只剩奄奄一息。婢女進來說道：「夫人問你以後還敢再胡說八道嗎？」

王子雅才知道自己爲什麼生病了。這時僕人端上菉豆湯，讓他喝了解毒。從此王子雅再也不敢來高家，也勸告所有的同窗好友千萬不要到高家去飲酒。

王子雅自己開了一間酒店，經常會有人在那兒宴請親朋好友，席間也會招請陪酒的姑娘來作陪。這一天王子雅邀請高蕃來參加聚會。高蕃就說是要去參加同窗好友的文藝活動，才能脫身前往。

大家喝到黃昏，酒酣耳熱之際，王子雅突然說：「有一個南昌來的名妓，最近就住在我這裡，可以叫她一起來喝酒，怎麼樣？」

大家都起鬨說好，只有高蕃站起來準備離開。同學都拉著他，不讓他走。一個人說著：「你家老婆雖然消息靈通，但也不至於知道我們現在想做什麼吧！」

「是啊！是啊！大家都說好，誰也不准走漏消息哦！」另一個跟著起鬨。

高蕃不得已，只好又坐下來。過了不久，妓女果然出現了。十七八歲的少女，身上戴滿了叮噹作響的玉珮，濃密的黑髮斜斜的披在一邊，風情萬種。

看到美少女的風雅魅態，每個人都如癡如醉。大家爭先恐後地問她姓名，她小聲地說道：「我姓謝，小字芳蘭，還請各位多多提拔。」

芳蘭看到溫文儒雅的高蕃，不禁心喜，眼神也不知不覺往他身上飄去，眾人都發現了，便簇擁著他倆坐在一塊。芳蘭輕輕握住高蕃的手，在他手心上寫了一個「宿」字。這時高蕃想要走又不忍走，想要留又不敢留，心亂如麻，不可言喻。

芳蘭對他又是傾頭耳語，又是投懷送抱，漸漸的讓高蕃放下戒心，連家中妻子還在等他也忘了一乾二淨。過了一陣子，快到半夜時分，酒店中的人漸漸散去了，除了他們這一桌，就只剩遠遠的一桌客人在獨自飲酒。高蕃聽到同桌的友人說道：「你瞧！不知是誰家的美少年，一個人坐在那兒喝酒呢！」

高蕃聽了這句話才轉頭去看了一眼。果然鄰桌坐了一位美少年，獨自對燭飲酒，旁邊還有一位僕人拿著毛巾在伺候著。高蕃心中一動，覺得這人好面熟。就在這時候，那位美少站起身來，匆匆離去。僕人跟出去之後，又回來對高蕃說道：「我家主人想跟公子說一下話。」

這時高蕃臉色慘白，來不及告別，便匆匆跟了出去。高蕃回到家之後，自然又是一頓好打，從此被罰禁錮，足不出戶，一切喜慶往來都不准通融。高蕃被虐待了好一陣子，面黃肌瘦，苦不堪言。

一天，高蕃的母親聽說了兒子的事，很不放心，便到兒子家看看。見到兒子神情呆滯，骨瘦如柴的樣子，母親很傷心，回家痛哭了一個晚上。到了夜裡，母親夢見一個老人對她說：「不要擔憂了。這都是前世的因果，江城原來是靜業和尚所養的長生鼠，公子前世是一位書生，偶然到寺中遊玩，不小心將老鼠殺死了，現在是惡報來了，人力也挽救不了的。你每天早上起來，虔心唸誦觀音咒一百遍，自然有效。」

高蕃的母親嚇了一跳醒來，立刻將夢中的話告訴了丈夫。夫妻倆半信半疑的遵照夢中老人的指示，勤唸觀音咒，期待著兒媳婦的改變。

眼看兩個月過去了，觀音咒也無效，江城仍然驕縱無比，誰也管不了她。突然有一天一位老和尙來到村中傳唸佛法。村中的人圍著和尙聽佛法，擠得水洩不通。江城也想見見佛家的和尙是什麼樣子，便要婢女端了一張床出來，她就站在床上看個一清二楚。別人看她行爲古里古怪，她倒是坦然自若，一點也不在乎。

過了一陣子，和尙說法完畢，便向人要了一盆清水，只見他端著水面對江城說道：「別發火，別發火，前世也非假，今世也非眞！去吧！老鼠縮頭去，別讓貓兒抓！」

他說著便將清水朝江城臉上潑去。江城一臉的粉黛胭脂都花掉了，點點污水還滴在衣襟上。大家都嚇壞了，心想這下壞脾氣的江城一定要大發脾氣了。但是說也奇怪，江城這回卻像變了一個人，只是自己擦擦臉便轉身回家了。

江城回到家中後，一個人靜靜坐著，不吃也不喝，到了晚上便自顧自地睡了。到了半夜，她突然將高蕃叫醒，高蕃嚇得以爲她又要生氣打人了。誰知她卻用手撫摸他身上的傷痕，啼啼哭哭地說：「我想那個和尙一定是菩薩的化身，清水一灑，我就像是脫胎換骨了一樣。現在回憶以前所做的事，恍如隔世。夫妻之間不能相親相愛，婆媳之間無法和睦相處，這還算是一個家嗎？明天我們就搬回去住，好照顧父母。」

高蕃聽了她一番剖白，仍然半信半疑。但是江城堅持要搬回家，高蕃也只好聽命。第二天一大早，高蕃回家告訴父母實情，母親卻不肯相信。江城硬闖進屋中，高母見了她便面有難色，江城跪在地上哀泣，請求婆婆的原諒。高蕃的母親見她痛哭不已，也忍不住跟著流淚，終於重新接受了這遲來的美好的婆媳關係。

6

青娥

「青娥！青娥！」

母親在房中叫了半天，坐在窗邊看書的青娥卻渾然不覺，自顧自地埋首在書堆中。母親等了好一陣子，仍然沒見到青娥的影子，只好起身看看女兒上那兒去了。

「青娥！難道妳耳聾了不成！叫了半天怎麼不應一聲呢？」

聽到母親的責怪聲，青娥才勉強從書中抬起頭來說：「我眞的沒聽到您叫我嘛！媽，妳看何仙姑要成仙這一段寫得好精彩呀！華蓋滿天，粉白色的蓮花從天上掉下來……」

「好了！妳就跟妳父親一樣，成天看那些不三不四的書，整天想著成仙出家的，也不顧念家中還有我這個老太婆在！」

青娥同情的看了母親一眼。她知道母親跟她不一樣，她羨慕不食人間煙火的神仙世界，而母親只要在地面，情願安份守己的做人。

「這樣好了，我永遠不嫁，一輩子陪著媽媽好不好？」

「妳這個傻孩子，胡說些什麼？女孩子家長大了一定得嫁人的。女大不中留，留來留去留成仇哦！」

但是青娥的心意已定。她眞的決定不要嫁人了。其實青娥的父親原在官署中擔任評事的職位，但他一心想出家成仙。在青娥還小時，他就辭別家小，入山閉關了。青娥從小便愛看父親留下來的仙書，一直想著要跟隨父親的後塵，也到清幽的山中做個潛心自修的道姑去。

但是母親卻不肯接受她的思想。青娥的母親只要做個傳統的婦人，守著家產，過著平常的生活。一個出家的不負責任的丈夫已經夠傷腦筋了，如果再加上一個女兒，她不知道自己能不能承受得了這樣的打擊呢！

「青娥，別再看那些書了！隔鄰的嬸嬸要妳去她家一下，幫我看看她新繡的鞋面適不適合。」

青娥答應了母親，便放下書出門去了。這天她穿著一身天藍色的長襖，滾著粉嫩的邊，看來像是一朵繡球花一般鮮麗。青娥的美是讓人一眼難忘的那種奪目，覺得眼睛給侵犯到了的感受。想要輕鬆甩開那一眼的美與情態，是很困難的一件事。

就在青娥走過一扇敞開的門前時，剛好跨出門檻的年輕男子霍桓，一眼之間便認識了青娥的美麗。突然之間，他有些失魂落魄。不但眼睛緊緊跟著那個美麗的身影往前走，就連靈魂彷彿也不屬於他自己了。

霍桓忘了自己爲什麼要出門，快快地回到家。母親看他神情有異，便追問他發生了什麼事。霍桓的母親知道自己的兒子有些憨直，跟一般人的想法不太一樣。這樣的人也總會碰到一些說不清楚的稀奇古怪的事。其實霍桓的父親是當地的縣尉，霍桓還小時他就去世了。母親很疼愛這個小兒子，整天只讓他勤讀詩書，足不出戶。因此雖然他以神童的資格獲得了功名，卻一點也不懂人情世故。有時連伯叔甥舅的關係都搞不清楚，更別提左鄰右舍的事了。

「桓兒，怎麼沒精打彩的？不是要去伯父家拜望的嗎？怎麼前腳出門，後腳又回來了？」

母親憂心忡忡地問道。霍桓卻若有所思地說：「媽！我剛看到一位很特別的女孩子。高高的個子，瘦瘦的身材，那張臉怎麼說呢？就是有點像畫中仙子的感覺。」

「哦！你說的一定是住在附近的青娥吧！桓兒，你別癡心妄想了，她跟她母親說過不嫁人，要出家成仙求道的。」

「不會吧！我一看到她，就覺得非娶她回家不可。能不能幫我找人去作媒呢？」

「我看不太可能，你還是趁早死了這條心吧！」

但是霍桓很堅持，母親無奈。兒子的心意，只要母親能做到的再難都會想幫他完成的。過了一兩天，霍桓的母親還是找人去提親了。果然碰了一鼻子灰，被武家拒絕了。霍桓知道後每日坐立不安，整個人都瘦了一圈。

一天霍桓家門外來了一個道士，手上握了一個小鑱子，只有幾尺長，模樣很可愛。霍桓看到了，向道士借了過來把玩一番，問道：「這把鑱子是做什麼用的？」

「這是拿來鑱藥用的。你別看它小，再硬的石頭也鑱得開呢！」

「有這麼神奇？我不信！」

道士聽他這麼說，拿起鑱子就往石牆上一鑱，果然堅硬的石塊就像是豆腐般鬆軟地落下來。霍桓看了大爲驚喜，又拿起鑱子東看西看，有點愛不釋手的樣子。道士便對他說：「公子既然喜歡，這把鑱子就送給您吧！」

「這樣好嗎？我還是付點錢給你好了！」

道士笑著說：「寶物贈給有緣人，公子多保重了！」

道士轉身離去，三兩下便消失了蹤影。霍桓抱著心愛的鑱子回家，看到院子裡的磚塊石頭便鑱一下，果然削鐵如泥，鋒利無比。突然他的腦中浮現一個念頭：「既然這把鑱子這麼鋒利，拿來鑽牆也很管用吧？何不試試看，或許能偷看到青娥也不一定哦！」

霍桓心中有了這個傻念頭，也不懂自己該不該做，犯不犯法，就決定當天晚上要這麼幹了。到了夜裡，家人都入睡後，霍桓帶著鑱子攀牆出去。來到武家門牆外，找了個角落便開始鑱呀鑱的，不一會兒便穿越了一重牆，又有第二重牆擋在眼前。他又再鑱，這第二重牆也很容易便鑱開了。

眼前出現一個中庭，霍桓見到其中一個小廂房中還有燈火。他悄悄來到窗畔一看，竟然是青娥正在卸晚粧。霍桓伏在地上，心跳得厲害，卻一動也不敢動。

過了一陣子，蠟燭熄滅了，屋中寂靜無聲，顯然青娥已經睡了。霍桓打開窗子，翻身進入室內。他解開鞋子，想爬上青娥的床，但又怕把她驚醒了，自己一定會被趕走。於是他就閤衣臥在繡床邊，心想只要聞到美人的香息便已足夠。但是經過這一晚的折騰，霍桓也累了，才一閉上眼睛，不知不覺就睡著了。

到了半夜青娥突然醒來，聽到鼻息咻咻，又見到窗外圍牆破了一個洞，亮光由洞外傳來。她立刻起身，把婢女暗暗搖醒，開門出去。她們敲窗叫醒家中的老女僕，點了火把，拿著木棍，回到青娥的房中。

進門之後，卻只見到一個年輕的書生倚著繡榻睡得正香甜。老婦人一看了便說：「這不是隔壁的霍桓嗎？他怎麼在這裡睡覺？」

老婦人將霍桓叫醒了。霍桓立刻坐起身來，一臉無辜的表情，雙眼灼灼如流星般。他沒說話，倒有幾分的靦腆。婢女見他不出聲，便嚇他說：「小偷！小偷！把你抓去官裡！看你還敢不敢！」

霍桓這才慌了，哭出聲來：「我不是小偷！我只是喜歡青娥，想親近她而已！」

老婦人便問道：「你不是小偷，怎麼有辦法鑿穿那麼厚的牆呀？」

霍桓只好拿出小鑱子給大家看。每個拿到鑱子的人都試了一下，果然鋒利無比，這才相信了他的話。鬧了大半夜之後，老婦人與婢女都說：「我們快去稟告夫人吧！

她一定不敢相信這世上還有這種神仙的鏟子。」

但是青娥的頭低低的，不作一聲。老婦人知道她的意思，便把話峰一轉說：「這樣好了！霍桓也是名門子弟，張揚出去不太好聽。不如讓他先回去，再託人作媒吧。明天早上就跟夫人說夜裡遭強盜挖牆洞便行了！」

青娥還是不說一句話。老婦人跟婢女就催著霍桓回去，霍桓卻說：「我的鏟子呢？我要帶回家的。」

大家都笑出聲來：「你看這個笨蛋，都快要被抓起來了，還不忘要回自己的凶器呢！」

霍桓也不理她們的取笑，拿到鏟子後，一眼瞥見枕邊有一枚鳳釵，立刻塞到袖子裡。婢女眼尖看到了，要他還來，他卻死都不肯脫手。青娥看到了卻仍然一句話也不說。

最後老婦人拍著頭說：「我看呀別說他癡！咱家的人也有些呆氣呢！」

她又催促著霍桓由原來的洞口出去了。霍桓回到家中，也不敢跟母親提起這件事，只是又催促著母親向武家再去提親。母親不知道霍桓的心意，以爲只要幫兒子討個媳婦進門便行了，於是她急著託人四處作媒，想快快找到一個門當戶對的親家。

青娥見霍桓久不來提親，心中有點著急，便偷偷向老婦人坦承心事，要她幫忙找一個媒人去霍家疏通。霍桓的母親聽媒人的意思，以爲青娥有意了，便再託媒人去武家提親。誰知這一天發生了一件事，武夫人在訓斥青娥的婢女時，婢女說：「上樑不正下樑歪，怎能樣樣事都怪小的不是！」

「妳這個丫頭還眞嘴硬，說妳兩句都不行呢！什麼叫上樑不正下樑歪，妳倒解釋給我聽聽看！」

婢女摀住嘴不肯說，武夫人心中起了疑惑，便催著她說：「妳說呀！有什麼事我擋著，沒有人敢怪妳的！」

婢女這才將那天霍桓鑿洞的事說了出來。武夫人聽了又羞又愧，不禁悲從中來，想到如果自己的丈夫肯負一點責任，這時候在家中陪伴著她們母女，怎麼會發生這種有辱家門的事呢！

就在這悲憤交加的時刻，霍家的媒人卻進門了。武夫人一聽是霍家派來的人，不由分說揮杖便將來人趕了出門，嘴裡還罵著：「這一家子的男盜女娼，兒子不務正業，老母也不加管教，這種大戶人家我們配不上！你請吧！」

媒人嚇得抱頭鼠竄，回到霍家將實情一五一十地說了。霍母很不痛快，也罵道：「不肖子做了些什麼我也不清楚，幹麼連我也一起罵？既然那麼清高，當時幹嘛不將兩個奸夫淫婦一起殺了？」

媒人當然又往回傳話。這一下子，所有的親戚鄰居都知道兩家之間發生了什麼事，青娥羞愧不已，武夫人也懊悔自己的太過魯莽，但已經說出來的話也收不回來了。後來是青娥再託老婦人私下向霍桓的母親道歉，並且說明自己的心意，這件事才算結束。但是兩人的婚事也就告吹了。

過了一陣子，當地的縣令換了一位叫歐公的人，他很欣賞霍桓的才氣，不時招他到內署來商討公事。一天歐公問他：「你訂過親沒有？我想一定有很多人家想把女兒想嫁給你吧！」

「沒——沒有。」

「眞的沒有？怎麼可能？」

「不瞞您說，我確實跟以前在官裡任職的武評事的女兒提過親，不過因爲兩家之間起了一點誤會，所以這門親事就耽擱下來了。」

歐公看他提起此事時一臉靦腆，便笑笑說：「你現在還想娶武家的女兒嗎？」

霍桓紅著臉，也不說話。歐公便說：「我會幫你把這件事辦成的。」

歐公便要當地的小官到武家送錢，又說了許多好話。武夫人面子十足，又有了錢，心中歡喜便答應了婚事。一年後，霍桓果然將青娥娶回家了。

青娥一入門，就將霍桓的小鑱子往地上一丟說：「這是小偷才用得到的東西，趕快扔了吧！」

霍桓不肯，笑著說：「可別忘了這是我們的媒人呢！」

他又把小鏟子繫在身上，珍愛不已。青娥也不再提起這件事。其實她的個性溫良沉靜，除了晨昏定省之外，平時都在閉門寂坐，一般的家務事也不太打理。但是如果霍桓的母親有事外出，沒空理家時，她也會負起責任，將家中整理得井井有條。

兩年後，青娥生了一個兒子孟仙。她只將兒子交給褓母照顧，似乎也不太愛惜。再過了四、五年，一天青娥突然對霍桓說：「我們之間夫妻的緣份已了，八年的時間雖然很長，但比起離別的時光恐怕又太短了，人生眞的是無可奈何呀！」

霍桓嚇了一跳，趕忙問她是怎麼回事。青娥卻不再說話，只是盛粧拜別了婆婆，回到寢室中，往床上一躺，就氣絕身亡了。霍桓與母親傷痛不已，但也無法可想，只好買了棺材將青娥葬了。

霍桓的母親年紀已老，身體日漸衰退，每次抱起孟仙都會想到青娥，一想到她便會痛哭不已。因此過不了多久，霍母就眞的病倒了。

霍母躺在病床上，無論吃什麼都沒有胃口，心中只想著吃魚湯。但是附近都是旱地，必須要到百里之外才能買到魚鮮。不巧當時所有的僕役都有事外出了，霍桓很孝順母親，一急之下，便自己帶著錢出發了。

他連趕了一天一夜的路，終於買到了魚，回到離家附近的山裡，天色已暗，他也已經雙腳微跛，走不動路了。這時一位老先生出現在他身後說：「腳上是不是磨起泡了？」

霍桓點點頭。老人便將他拉到路邊坐下，敲石取火，用紙裹藥末，然後拿來燻霍桓的兩腳。過了一陣子，老人說：「好了！你起來走走看吧！」

霍桓站起身來，發現不但腳不痛了，而且還精神百倍呢。他連忙說：「謝謝你！謝謝你！眞是救命恩人！」

「你這麼急著趕路是要上那兒去呀？」

「我媽媽病了，我趕著買魚回去給她吃呢！」

「眞是個孝子。你娶媳婦了沒呀？」

「娶了，不過一年前去世了。」

「爲什麼不再娶呢？」

「找不到喜歡的對象吧！」

老人聽他這麼說便指著山中說：「這裡有一個村莊，裡面有一個很漂亮的女孩子，你一定會喜歡的。如果你肯跟我一起去，我願意幫你去作媒。」

霍桓卻說道：「不行！我媽媽在等著我回去煮魚呢！我得趕快回去了！」

「好吧！你下次來好了！下次來就說要找老王便行了。」

那個叫老王的老人便跟他拱手做別了。霍桓急急趕路回家，終於讓母親喝到了鮮魚湯。過了幾天，母親的病也慢慢好了。霍桓想到那天晚上碰到的老人，便帶著僕人騎馬去山中尋找。

到了山中，霍桓卻迷路了，東轉西轉，眼看著夕陽就要下山了，山路卻紊亂無章，不知該從何處找起。最後霍桓跟僕人約好分頭去找路，見到村莊就互相喊叫一聲。

霍桓一個人走到山路崎嶇的地方，也不能再騎馬了。他下了馬，開始爬山。爬了一陣子，天色已經灰暗，滿山有如被霧氣籠罩住，分辨不出東西了。霍桓四處望望，什麼也看不到，就決定下山了。但是歸途也是一片迷濛，他心急如火，腳下一個不小心，便跌入一片絕壁上。幸好幾尺之下是一小片的平台，他就躺到平台上，大小剛好適合他，下面是深黑的幽谷，眼前是如墨的濃霧，霍桓又驚又懼，一動也不敢動。

過了一陣子，他發現岩邊有一些小樹包圍著他的身體，就好像圍欄一樣，他的心情平靜了一點。就在這時候，他發現腳邊有一個山洞，於是很高興的以背靠著岩石，慢慢挪動身體，終於躲進了山洞中，心想等天亮之後再想辦法呼救吧！

在山洞中呆了一下之後，他的眼睛已經適應了黑暗，這時他看到山洞深處有星光點點，於是他往前走去。走了二三里路，突然看到門廊房舍，四處沒有燭火，卻光亮如白晝。有一個女人自房中走出來，一看之下竟是青娥。青娥見了他也十分驚訝的說：「你怎麼會到這裡來的？」

霍桓來不及解說，眼淚便先流了滿面。青娥勸止了他，這才問到母親及兒子的近況。霍桓說明自她去後生活的慘狀，青娥也忍不住掉淚了。霍桓問她說：「妳死了一年多，這裡大概是陰間地府吧？」

「不是。這裡是神仙洞府，以前我的屍體不過是一根竹仗而已。今天既然你來了，大概我們有仙緣吧。」

青娥便帶他去見父親武老先生。只見一個長鬚老人坐在堂上，閉目沉思。霍桓往前拜倒，青娥說道：「父親大人，霍郎來拜望您了！」

老人一驚，張開眼睛，這才站起身來，與他握手問好。互相寒喧之後，老人說：「既然來到這裡，就是有緣，你也可以在這裡清修了。」

「好是好，不過母親會擔心的，我還得回家一趟才行。」

「我明白，我明白。就這樣吧！慢個三天回去，總不會有問題吧！」

武老先生要僕人準備了酒菜，一家人歡聚一堂。飯後老先生要僕人在西堂鋪設席榻，讓霍桓住下。霍桓見青娥要走，便扯著她的手袖不放，窗外婢女看到了，笑得嘰嘰咕咕的。青娥更不好意思了，兩人拉拉扯扯了一番。

武老先生聽到吵鬧聲，便出來罵道：「世間俗物別污染了我的洞府，你快走吧！」

霍桓也發火了，理直氣壯地說：「兒女之情，凡人皆有，你既是長者，就不應該介入這種兒女私情。要我走不難，只要青娥跟我走便行了！」

武老先生沒有多說什麼，只招招手要女兒跟著霍桓去。霍桓帶著青娥來到門邊，門打開後，青娥將霍桓一推，門就在他身後關上了。

霍桓回過頭，眼前只見峭壁巉巖，那有什麼洞天福地。他一個人形單影孤，茫茫然不知所歸。抬頭看看天上，斜月高揭，星斗已稀，天地之大，卻沒有他容身之處。他心中悲憤不已，面壁號叫，卻沒有一絲一毫的回音。他越想越憤怒，忍不住拿起腰間的小鑱子，一邊罵著一邊開始鑱石壁。誰知堅硬的石壁碰到這把鑱子也變得鬆軟如泥，沒兩三下，他就鑽到洞裡三四尺了。這時他隱隱聽到有人在說：「眞是孽障啊！」

霍桓鑿得更起勁了。過了一會兒，洞底突然打開兩扇門，武老先生一邊把青娥推出門一邊說：「去吧！去吧！」

青娥出現後，山洞的門口又復合了，一點痕跡也看不出來。青娥罵他說：「你既然愛我，怎麼可以對我父親這樣無禮？是那裡來的老道士給你這把凶器，整天纏著人不放？」

霍桓既然重新擁有了青娥，便一句話也不多說，任憑她責罵。他只是趁她罵累時說道：「山路這麼難走，我們要怎麼回去呀？」

青娥瞪他一眼，不再嘮叨，只是折了兩根樹枝，一人騎一枝，樹枝立刻變成了飛馬，兩人便騰雲駕霧般回到家中。這時離霍桓失蹤之日已經七天了。霍桓的母親見到已經死去的兒媳婦重新歸來，也幾乎嚇壞了。但在了解了來龍去脈後，一家人終於又團圓了。

青娥爲了避免閒言閒語，便要全家搬到鄉下過日子。幾年後，青娥又生了一個女兒，女兒長大出嫁了。等霍桓的母親去世時，青娥要霍桓帶兒子孟仙回到舊家，將婆婆葬在舊家的茅田中。她要孟仙守著舊家的家產生活，他們夫妻倆還是住在鄉下。

過了一陣子，孟仙回到鄉下省親，才知道父母親早已失蹤多日，誰也不知道這對神仙眷侶如今芳蹤何處。顯然青娥終於步上父親的後塵，只不過她的身邊多了一位伴侶。

7

菱角

胡大成每天放學回家的時候，都會經過一座莊嚴的觀音祠。只要經過那裡，他一定會進去祭拜一下。因爲他的母親篤信觀音，一定要他每天這麼做。

這一天，胡大成又經過觀音祠，很自然的就走進去祭拜一下。這時他看到一個美麗的少女在跟一些小孩子玩耍。那個少女長髮過肩，微風吹過便像一幅絲絹般散開來。胡大成覺得心醉神馳，便問她叫什麼名字？少女笑著說：「我就是住在觀音祠西邊焦畫工的女兒菱角呀！你問我名字幹什麼？」

「問問看妳有沒有定親嘛！」

少女一聽臉都羞紅了，她低著頭說：「還沒啦！」

「如果我向妳家提親怎麼樣？」胡大成大膽的問道。

「我不能自己作主的。」

少女說著臉色酡紅，但是一雙眼睛卻禁不住上上下下地打亮著胡大成，似乎並不討厭他的樣子。

胡大成問不出個所以然，姍姍出了觀音祠。誰知菱角卻追了出來說：「我父親跟一個叫崔爾成的人很熟，你如果請他作媒，就沒問題了。」

胡大成答應了，心中不但被她的美慧可人所感動，更爲她的多情所迷惑。回到家後，他立刻向母親提出了要求。母親因爲只有這麼一個寶貝孩子，他想要什麼都盡量成全他。聽到他提出的要求後，立刻去拜託崔爾成作媒。

誰知焦畫工很愛錢，一心想把女兒許配給大戶人家，聽到胡大成家沒權沒勢，就已經不太高興了。但是崔爾成極力遊說，將胡大成誇讚成當代奇才，焦晝工才勉強同意了。雙方只等擇吉成婚了。

這時胡大成住在北方的伯父剛好喪妻，胡大成奉母命去弔喪。他到了北方，住了一陣子，就要回家時，伯父卻又病倒，不久也去世了。因此他又在北方羈留多日，這時剛好土匪霸佔住南方，胡大成也回不了家，只好一個人呆在北方。

一天，他居住的村中突然出現一位陌生婦人，從早到晚都在村中晃蕩，手上拿著一個牌子寫著：「賣身！」

當時有錢人要買僕人的，便來問她價錢。她卻說：「我不要做人奴僕，也不要做人妻子，只要有人肯把我當母親奉養，我就跟他去了。」

大家聽了都笑她：「眞是個神經病！」

也跟著大夥兒看熱鬧的胡大成聽她這麼說，不禁細看她一兩眼，卻見她眉目之間有幾分神似自己的母親，不禁悲從中來。他想到自己一個人在外，連一個縫衣補褲的人都沒有，就將老婦人請回家，當作母親來奉養。老婦人很高興，也就眞的爲他洗衣、煮飯、補衣，跟母親一樣辛勞。如果胡大成做了讓她不高興的事，她也會生氣指責。總之，她對胡大成就像親生子女一樣疼愛。

有一天老婦人突然對胡大成說：「這裡生活平靜，沒什麼兵荒馬亂的。何況你年紀也大了，雖然不是自己的故鄉，但也該娶房媳婦了。這一兩天我就幫你把親事辦好。」

提到娶親，胡大成不禁悲從中來，哭著說：「我已經訂親了，只是南北阻隔，無法相見。」

老婦人斬釘截鐵的說：「兵荒馬亂的，誰曉得明天還活不活呀？怎麼可以守株待兔呢？」

胡大成又哭著說：「就算不管結髮夫妻不可背信的道理，又有誰肯嫁給像我這樣一無所有的人？」

老婦人也不再多說，只是爲他準備好新的簾幕、床鋪、枕頭，胡大成也不知道這些華麗的東西是從那裡冒出來的。

一天晚上，老婦人對胡大成說：「你坐在床上，先不要睡。我去看看新媳婦來了沒？」

老婦人便出門去了。過了半夜，老婦人還是沒回來，胡大成正在擔憂，突然聽到門外一陣喧嘩，他出去一看，卻見到一位女子坐在中庭，蓬頭垢面的，哭個不停。

胡大成驚訝的問她是誰，她也不回答。過了許久，她才說：「娶我來，也不是什麼有福氣的事。我只有一死而已。」

胡大成嚇了一跳，不敢說話。女子繼續說：「我小時候就跟胡大成訂親了，沒想到他去了北方便斷了音訊。父母親強逼我嫁到你家，你可以把我的身體逼來，但我的心可不會從你的。」

胡大成聽了立刻哭著說：「我就是胡大成啊！妳難道是菱角？」

女子不再哭泣，抬起頭來，跟著胡大成進入室內，兩人這才彼此相認，互相驚嘆道：「難道這是一場夢嗎？」

兩人於是轉悲爲喜，談起離別的種種。原來土匪來襲之後，焦家便在混亂中遷徙到別處去了。因爲生活困難，焦畫工就自作主張另外接受了周家的聘金，把女兒嫁掉。

因爲兵荒馬亂的無法舉行婚禮，雙方便相約當晚將女兒送到周家便算數。菱角哭著不肯去，家人強迫她坐上車，便出發了。走到半途，山路顛簸，菱角不小心掉到車下。這時有四個人抬著轎子來，說是周家來迎娶的，家人也就讓他們將菱角抬走了。

菱角坐在轎子上，只覺得風吹耳際，四個轎夫疾行如飛，過了好一陣子才停。這時一個老婦人打開簾子說：「這是你夫家，進去可別再哭了。你婆婆等兩天就會來跟你們會和的。」

老婦人說完便消失了。菱角和胡大成這才明白原來老婦人是救苦救難的觀世音，化身老婦人來救助他倆的。夫妻倆便焚香祝禱，祈求觀音的幫助，好讓他們母子團聚。

這時住在南方的胡大成的母親因爲土匪之亂，便帶著幾名僕人逃到山谷中避難。一天晚上，突然又有人傳言土匪殺到山裡來了，眾人便四處竄逃。胡大成的母親在荒亂中也跟僕人走失了，一個人正在驚慌不定時，突然有一個小男孩騎著一匹馬來，要她上馬逃亡。

胡大成的母親來不及想太多，立刻跟著孩童騎上馬背，只見馬兒輕迅疾行，一會兒便到了大湖之上，馬兒踏水奔騰，蹄下卻連一點水也沒有濺起來。沒多久，男童讓馬停下來，他扶著胡母下馬，指著一間屋子說：「妳可以住在這裡。」

胡母正要謝謝他，才一轉身，只見那匹馬變成一隻金毛怪獸，高好幾丈，男童騎上怪獸便飛奔而去。

胡母敲敲門，正好這時有人出來了，聽聲音很熟悉，仔細一看竟是胡大成，母子抱頭痛哭。菱角也驚醒了，一家人終於在觀音的善心幫助下團聚了。

8

織成

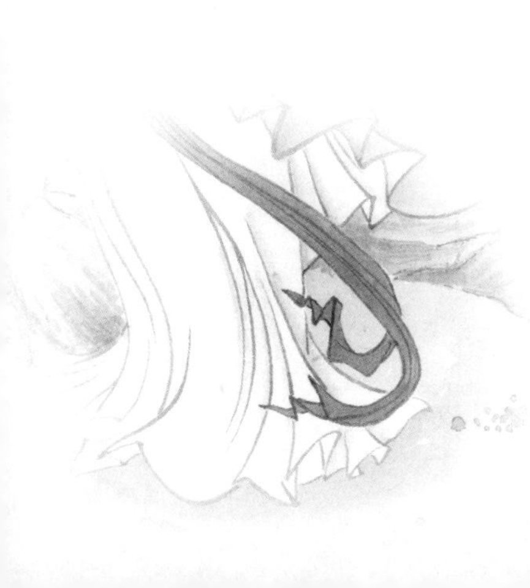

據說在煙波浩渺的洞庭湖上，常常會有水神來借舟。明明船上沒有客人，繫著的纜繩卻自動解開來，整艘船搖搖晃晃地在水面飄浮，空中還不時傳來飄飄仙樂。船夫這時一動也不敢動，只是蹲在船尾，閉目凝聽，連看也不敢看到底發生了什麼事。等到遊船結束時，這艘船又會自動回到當初的停泊處。

這一天有一個落魄的書生柳生來到洞庭湖，準備搭船回家。這一次他又落第了，心情鬱悶，不禁多喝了幾杯，很快便醉倒了。就在這時候突然笙樂大作，顯然又是神仙來借舟了。船夫拚命要搖醒柳生，柳生卻沉醉夢鄉，怎麼樣叫也叫不醒。船夫無奈，只好自己急急躲在船頭。

柳生睡得迷迷糊糊，只覺有人推了他一下，他便倒在地上，又繼續睡了。那人便也不管他了。過了一陣子，鼓樂聲大作，柳生終於被吵醒了。他先是聞到滿船馨香氣息，然後他微微張開眼睛，竟看到一船麗人在飲酒作樂。他知道這一定有問題，便仍然假裝熟睡，眼睛卻偷偷張開一條縫，看到底這些人在搞什麼鬼。

這時突然有人叫道：「織成！織成！快來呀！」

這時有一個年輕的侍女出現了。她的雙腳貼近柳生的臉頰邊站著，柳生看到一雙秋香色的襪子，絲質的裙襬則是優雅的水晶紫。柳生看到她的腳細瘦如手指一般，十分心動，便用牙齒去咬她的襪子。這時剛好少女要移動身子，被他咬住襪子，動彈不得，碰的一下跌了一跤。

「怎麼了？織成！還眞是個長不大的黃毛丫頭呢！連走路都會摔跤！」

「不是啦！有人咬住我的襪子，我動不了啦！」

那人一聽大怒，立刻叫道：「那個大膽凡人敢在此搗亂！立刻抓去斬首！」

幾個武士進來了，看到柳生躺在地上，立刻將他抓起來，推出去砍頭。柳生看到一個穿著像海龍王一樣的人坐在主位，便一邊被拖著走一邊掙扎地說：「聽說洞庭君原本姓柳，我也姓柳；當年洞庭君落第了，我也是落第。洞庭君遇到小龍女，變成神仙，而我不過因爲喝醉了，戲弄了一個小侍女，就要被砍頭，爲什麼我就這麼倒霉呀！」

海龍王聽他這麼抱怨，便把他叫回來問：「你眞的是落第的秀才？」

「是呀！」柳生沒好氣的回道。

「好！拿紙筆來，你給我寫一篇賦，題目就叫：『風鬟霧鬢』。」

柳生拿起紙筆便開始構思。他東想西想，不覺時間匆匆，一個字卻也沒寫出來。海龍王就取笑他說：「你到底是優秀的秀才，還是生銹的銹才呀？」

柳生放下筆來，爲自己辯解：「從前晉朝的左思花了十年時間才寫成三都賦，寫文章最重要的是要寫得好，而不是寫得快！」

海龍王聽了笑一笑，也不再催他。柳生便從月出寫到月落，終於完成一篇詞賦。海龍王看了之後，大爲激賞，讚嘆說：「眞是文人雅士寫的好文章！來人哪，爲公子擺酒，我們好好喝一盅！」

僕人這便送上美酒異饌，大家開始飲酒作樂。就在這時候，一個使者拿著一本簿子進來說：「溺死鬼的生死簿製作完成了。」

海龍王問道：「一共有多少人？」

「一百二十八人。」

「這次負責的差役是誰？」

「毛將軍跟南將軍。」

柳生覺得自己在一旁礙手礙腳的，便起身告辭。海龍王也不留他，只是送給他十斤黃金，還有一把水晶尺。海龍王告訴他說：「遇到湖上風波險惡時，這把水晶尺會救你的命。」

這時水面突然出現一批儀列整齊的人馬，拉著一輛華美的車子，站立在水面上。海龍王便下了小舟，乘上大車，一晃眼之間便不見了蹤影，就連馬蹄濺水聲也聽不見了。

船夫這時才敢從船頭躲藏的地方跑出來，立刻開船，往北邊航行。但是逆風而行，小舟幾乎動彈不得。這時候只見水面浮出一個鐵貓的頭，船夫嚇得大叫：「不得了啦！水鬼來啦！毛將軍出現啦！」

聽他這麼一叫，每一艘船的客人都躲起來，怕被水鬼抓去當替死鬼。過了一會兒，湖面又出現一根直直豎著的木頭，上下搗土般動搖著。船夫更怕了，又叫道：「小心呀！南將軍出現啦！」

一下子，波浪大作，高高的浪頭快將天空遮住了，四周的小舟全都翻了。柳生高高舉著水晶尺，閉目靜坐。說也奇怪，再高的浪頭碰到他坐的船也就消失了，他就在萬丈洪濤中安全地駛回了岸邊。

柳生回到家後，常常跟人談起自己的奇遇，最後總是說：「我雖然沒機會見到那艘船上的那個女孩子長得怎麼樣，不過她裙下的雙足，可是世間少有的美麗呢！」

有一次柳生有事到北邊的城鎮去，聽到一位姓崔的老太太要賣女兒。但是別人給她千兩黃金她也不賣，她只說自己家原是船家，而且「我家祖傳有一把水晶尺，如果有人能拿相同的尺來配對，我就把女兒嫁給他。」

柳生聽到這個傳言之後，心中一動，便帶著水晶尺去找那個崔老太太。崔老太太很歡迎他，立刻把女兒叫出來。只見一位妙齡少女，媚曼風流，向他盈盈一拜，轉身便回房去了。柳生竟覺魂魄動搖，便對老婦人說：「我也有一把水晶尺，不知道跟您家裡祖傳的水晶尺是不是能相配？」

柳生拿出水晶尺，跟崔老太太的水晶尺一比較，竟然長短相同，一毫不差。崔老太太很高興，立刻問他住那裡，要他回去準備轎子來抬新娘子，並要求他將水晶尺留下來當信物。柳生有點捨不得，崔老太太笑著說：「你也太小心了吧！難道你怕我拿了水晶尺就跑呀？」

柳生不得已，只好把水晶尺留下，出門去雇轎子了。誰知他才去了一下子，等跟著轎子回來時，崔家已空無一人，問了左鄰右舍，也沒有人知道他們搬到那裡去了。

這時眼看著天色已暗，黃昏已經悄然而至，柳生無可奈何，只好快快地回家去了。走到半路上，突然一輛轎子差身而過，轎中的人打開簾子說：「柳先生怎麼這麼慢才來呀？」

柳生一看，原來是崔老太太，便很高興的問她：「您去那兒了？」

崔老太太笑著說：「你一定懷疑我是個騙子吧！你走了之後，我想想你一個人在外作客，要辦婚禮等等都不方便，就讓女兒搭便車先回船上去了。」

柳生要崔老太太一起搭轎子走，崔老太太卻不肯。他只好一個人奔赴湖邊，果然一輛小舟就在水面。柳生奔入舟中，果然見到那名女子與一位婢女在裡面。

女子見柳生進來，便笑盈盈地接待他。柳生見她穿著綠襪子與朱紅色的鞋子，跟當年那個侍女的雙足模樣神似。他心中有點疑惑，便緊緊盯著她的雙腳看，女子被他看得不好意思了，羞紅著臉說：「你這樣虎視眈眈的，沒見過人的腳呀？」

柳生得寸進尺，乾脆彎下身，抓住她的雙足來看。只見足踝上被他咬過的齒痕猶在，不禁大吃一驚：「難道妳就是織成？」

織成掩口而笑，不回答他的問題。

柳生便長長一揖說：「妳眞的是仙女下凡。爲什麼不早點告訴我，害我白擔心了！」

織成這才說道：「老實告訴你吧！上次你見到的就是洞庭君，他很欣賞你的文才，因此答應讓我回到人間，跟你做夫妻呢！」

柳生欣喜不已，立刻沐手焚香，朝洞庭湖再三祭拜，這才與新婚的織成一起回家，在人間做了平凡但幸福的夫妻。

9

晚霞

江水浩蕩，蔣阿端站在龍尾的木板上，向岸邊的群眾揮手。他矯捷的身手多年來已經是江南的傳奇，岸上有許多慕名而來的女子，就等著五月五日端午節這一天，來看阿端的表演。

這一天，江南的民間有鬥龍舟的習俗。龍舟是用木頭刻成，船身繪有鱗甲，裝飾得金碧輝煌。船頭的搭篷也是朱紅色的精緻木雕，風帆及旌旗都繡著花團錦簇的圖案。船尾也就是龍尾，高好幾丈。當地有一個習俗是用布將一塊木板綁在龍尾下方，讓一個小孩子在上面表演各種法戲，以吸引群眾。這種表演不但是高難度，而且很危險，隨時可能跌落水中，淹死在江裡。會在龍尾表演的小孩子都是從小被訓練出來的，孩子的父母接受了許多金錢，同意即使孩子掉入江中淹死也不後悔的條件。

阿端就是其中的一位佼佼者，從七歲開始表演，到現在成爲十六歲的青春美少年，他從來沒有失手過，也不知道害怕是什麼。現在，他又站在龍尾，知道等一下自己的表演又會引來岸上觀眾的一陣陣尖聲驚叫了。想到這裡，他不禁微微笑了笑。這時船頭老大過來跟他打招呼：「阿端！好好幹啊！今天風浪大，要小心呀！」

阿端沒說什麼，只是很帥勁地舉手向他敬個禮，表示一切都在掌握之中。

龍船終於往前開了，阿端站在自己的舞台上，開始表演自己演練過不知多少次的把戲。這一天的風浪眞的有點凶，一個大浪打來，他覺得自己喪失了平衡感，然後就看到眼前出現了兩個人，他們都穿著奇形怪狀的衣服，像是一尾會走動的魚或蝦，兩人對他說：「跟著走！不然你會迷路的。」

阿端不知道自己爲什麼聽得懂他們的說話，便跟著去了。這裡好像是水底世界，但是流波四繞，像是堅固的牆壁圍繞在他身邊，一點也不會影響他的呼吸。過了一會兒，出現一座宮殿，一個人戴著將軍的帽子坐在那兒，兩個人對他說：「拜見龍窩君，還不下跪！」

阿端向龍窩君跪拜，龍窩君看來和顏悅色的樣子，對他說：「你的技術很高明，就加入柳條部好了。」

兩位蝦兵蟹將便將他帶到一個四合院的大廳中，來到東廊，看到一群跟他差不多大的青少年出來跟他打招呼，突然這群年輕人叫道：「解姥姥來了！」

只見一位老婦人笑盈盈地向他走來說：「阿端！你來啦！來，表演一下你的絕技吧！」

阿端表演完畢後，解姥姥便開始教他錢塘飛霆舞、洞庭和風樂，敲鑼打鼓的，整個院子都聽得到他的聲音。眼看天色已晚，每戶人家都休息了，解姥姥仍然不放心，架架調教。幸而阿端聰明過人，學過一遍就記得了，解姥姥很高興的說：「太好了！你絕對不會輸給晚霞的！」

「晚霞？晚霞是誰呀？」

「明天你就知道了。」

第二天一大早，阿端就被叫醒了：「阿端！快起來準備，龍窩君來巡視了！」

阿端連忙跟著一群青少年到一個廣場上列隊站好。龍窩君要夜叉部先表演。只見夜叉部的人各個鬼面魚服，敲著四尺寬的大銅鐘，一面鼓大得要四個人才能合抱，聲音有如雷鳴一般。眾人都安靜下來，只見夜叉部的人舞將起來，巨濤洶湧，橫流空際，偶而還墜落了一點星光。點點星光到達水面便消失了。龍窩君急急說：「好了！好了！不要惹起火災了！換乳鶯部吧！」

乳鶯部全是十幾歲的少女，笙樂細膩柔美，一時清風嫋嫋，聲浪俱靜，水波不興，有如置身水晶世界，上下通明。表演完畢後，這批女子退到西邊去了。

接下來是燕子部的表演。這一隊女孩子都留著長髮，飄逸動人。其中有一個年輕的女子，仰頭舉臂作散花舞，翩翩翔起，襟袖、襪履之間飛出許多五色的花朵。這些花朵隨風而下，飄泊滿庭。舞蹈完畢後，她也跟著眾人回到西邊站著。

阿端看癡了，旁邊的人拉拉他說：「快到我們了，你還在發什麼呆呀？」

「哦！我知道了。請問一下，剛剛跳舞的女孩子是誰呀？」

「你不知道呀？就是晚霞嘛！她一跳，其他人全給比下去了。」

阿端沉默了。這是他第二次聽到晚霞的名字，但他還是不認識她。

過了一陣子，該柳條部表演了。龍窩君特別要阿端一個人出來表演。阿端使出全力，將昨晚才學的絕技都表現出來了。龍窩君誇他多才多藝，賜給他五彩褲、魚鬚金髮束，上面還嵌著夜明珠。

阿端拜謝過龍窩君之後，也跟著退到西邊站著。這時他離晚霞很近了，但是他沒有機會說話，只能用一雙炯炯有神的眼睛遙望晚霞。擠在人群之中的晚霞竟也看著他，雙眼似乎含情脈脈。

過了一會兒，隊伍作了一些調整，晚霞的部隊移往南邊去了，兩人的距離越來越遠，但是誰也不敢動，只能互相以眼神交換訊息而已。

接下來是蛺蝶部的表演。這是兒童的雙人舞蹈，每對男孩女孩身高不一，年紀大小不同，只有服裝都是黃黃白白的相同色彩。所有的部隊都表演完畢後，魚貫而出。柳條部排在燕子部後面。阿端急急走到部隊前面，晚霞則慢吞吞地落在燕子部的後方，回頭看到阿端就在身後，便故意讓珊瑚釵掉下來，阿端立刻揀起來藏在袖中，兩人便怏怏地分手了。

阿端回去之後，相思成病，不想吃也不想喝，沒多久便消瘦下來。解姥姥不知道他有心病，每天只是送一些珍饈美味，還殷勤問候，希望他趕快好起來。但是他怎麼樣都打不起精神來。解姥姥憂心忡忡地說：「吳江王的壽誕快到了，你病成這樣，怎麼去表演呀？」

阿端很想說：「姥姥別擔心，我會好起來的。」

但是他說不出口，因爲他不知道自己的病什麼時候才能痊癒？

那天黃昏，一個小孩子來看他。小孩子就坐在他床邊跟他說：「我是蛺蝶部的小童。」

「你好，抱歉我無法起身招呼你。」

「你躺著。你是不是因爲晚霞才生病的？」

阿端嚇了一跳說：「你怎麼知道的？」

小童神秘的笑笑說：「因爲晚霞也跟你一樣病倒在床呀！」

阿端心酸不已，立刻坐起身來說：「有沒有什麼辦法能讓我們見面呢？」

「你走不走得動？」

「勉強可以吧！」

小童便捥著他往南邊走，打開一扇門，進去之後往西邊走，再打開兩扇門，見蓮花綿延數十畝，荷葉田田。葉大如席，花大如蓋，掉落的花瓣葉梗堆了幾尺高。小童引他進入蓮花叢中，對他說：「你在這裡等著。」

小童離開了。過了一陣子，一位美人撥花而來，竟是晚霞。兩人相見驚喜莫名，互道相思之後，便以石頭壓荷蓋，當作屋頂，下面鋪滿蓮瓣，當作兩人臨時的戀愛小屋。

分別時兩人又訂下明天的約會，黃昏時到蓮瓣小屋聚首。阿端回去後覺得精神抖擻，什麼病也沒有了。從此他跟晚霞兩人每天都會在蓮田畔見面。

過了幾天，阿端等人跟著龍窩君去給吳江王祝壽。作壽完畢後，吳江王留下晚霞及乳鶯部的一個人，要她們在宮中教舞。其他人都跟著龍窩君回去了。

幾個月過去後，晚霞仍然毫無消息，阿端憂心悵惘，不知如何是好。一天解姥姥要去吳江王府上拜訪，阿端便跟她說：「解姥姥，我想跟你去看看晚霞。她是我的乾妹妹，我想看她過得好不好。」

「可以，不過吳江府管制很嚴格的，一般人不能隨便進出的。你去了要特別小心，還不一定能見到晚霞呢！」

解姥姥警告他後，兩人便出發了。阿端在吳江府呆了好幾天，但是宮禁森嚴，晚霞沒法出來見他。阿端最後只得快快而歸，日日夜夜癡想欲絕。

一天解姥姥來看他，眼睛紅紅的說：「好可憐呀！晚霞投江自殺了！」

阿端整個人都癡了，眼淚無法抑制地流下來。他好像瘋了一樣撕毀衣服，打破帽冠，手中握著金珠，往外衝了出去。

他想要跟晚霞一起尋死，但是江水有如銅牆鐵壁一般，用頭拚命的撞也撞不出個洞來。他想想要回去，但是衣冠服裝都已經毀了，回去也不會有好事的。不禁汗流浹背，東攛西跑了大半天。

突然他看到水壁下有一棵大樹，靈機一動，便攀上樹枝往上爬。慢慢爬到樹頂時，他用力一跳，竟然已經浮在水面上了。恍然之間，他又像是重回人間，依稀記得路徑，便飄然泅去。不久來到岸邊，在江邊走了一陣子，想到自己的母親，便搭了一艘船回家去了。

阿端回到故居，四處看看只覺得恍如隔世。突然聽到窗中有一個女子說：「您的兒子回來了！」

聽聲音很像是晚霞在說話。過了一下，阿端的母親與晚霞果然出現了。三人相見又哭又笑，悲喜交集。彼此都不相信會有再見面的一天。

原來晚霞在吳宮時就發現自己已經有身孕了，但是吳宮法令森嚴，恐怕自己跟孩子會遭到不幸，又無法再見到阿端，便想投江自盡。她偷偷跳江自殺之後，身體浮在水面，卻被一個客舟救起。

客人問她住在那裡？原來晚霞當年是吳地的名妓，溺水之後一直找不到屍體，現在當然也不可能再回原地去了。於是她說：「我的丈夫姓蔣，蔣阿端。」

「哦！阿端的媳婦，我知道他老家在那裡，我送妳回去。」

客人爲她雇了一輛扁舟，讓她回到蔣家。阿端的母親見了她不敢收留，晚霞便將往事一五一十地告訴了她，才勉強地留晚霞住下。

阿端的母親一人獨居已久，現在有一個自稱是媳婦的人作伴也是好事。而且晚霞風度氣質都很優雅，家中如果缺錢便拿出珍珠首飾來變賣，讓老母親生活無憂，因此婆媳兩人相安無事地過著日子。

眼看晚霞的產期近了，母親擔憂鄰人會來找麻煩：「晚霞，我看妳也快生了。左鄰右舍都相信阿端溺水死了，現在妳卻生了一個他的孩子，妳說我該怎麼跟鄰居解釋呀？」

「母親只要得到一個眞孫子便行了，管他人怎麼說呢！」

母親也只好放下自己的憂慮。現在阿端竟然回來了，所有的問題都解決了。不過在私底下，母親還是懷疑這個阿端是眞的阿端嗎？一天她偷偷去掘阿端當年的墳墓，發現阿端的屍體還在裡面，她嚇了一跳，回家質問阿端：「阿端，我今天上墳去了。你的屍體怎麼還在裡面呀？」

阿端聽了一怔，這才明白當年的自己已經淹死了。這麼多日子以來，他一直以爲自己還活著，現在才明白此身已非我所有。他坦然地告訴母親：「媽！有沒有形體並不重要，我們母子能團聚是最重要的事，對吧！」

母親似懂非懂，不過只要能再見到兒子，當年那些懊悔與錐心之痛都有了報償，便也不再跟他計較。倒是阿端擔心的說：「不過還是不要告訴晚霞吧？恐怕她知道我不是眞人，會不高興的。」

母親答應了。過幾天她便去跟鄰人說當年收到的屍體不是她兒子的，現在她兒子已經回來了，還帶著媳婦，而且就要生孩子了呢！

雖然如此，母親還是很擔心晚霞到底能不能生下孩子。沒想到竟然生下一個男孩，阿端的母親仔細檢驗過，知道眞的是個活人的孩子，這才放心的當起祖母來。

過了一陣子，晚霞也發現阿端走路輕飄飄的，有時還全身冰冷，一點人氣也沒有，便知道他不是活人，責怪他說：「你爲什麼不早說呀？鬼只要穿上龍宮衣，七七四十九天就會魂魄凝堅，跟活人差不多了。如果能得到宮中的龍角膠，還可以續骨節生肌膚，只可惜以前沒早點買。」

阿端便將當年帶出來的夜明珠拿出來賣，一個富商出資百萬買下，阿端一家便成為巨富。阿端買下龍宮衣與龍角膠後，身體日漸痊癒，一天母親的生日到了，夫妻兩人為母親祝壽，歌舞旖旎，聲傳千里。

最後連淮王府都聽說他們的奇歌異舞，要他們來表演，並想要強奪晚霞到宮中。阿端對淮王說：「如果大王看看我們的影子，就不會想要晚霞留下來了。」

淮王便趁他們歌舞時一看，果然兩人都沒有影子，原來晚霞也跟阿端一樣，其實是鬼，不是人。淮王心中也害怕，便讓他倆雙雙離去。他倆便繼續在人間圓一個另一個世界不讓他們完成的夢境。

10

阿繡

南方的市集，五顏六色的熱帶蔬果與香料鋪成一個奇幻的、有香味的夢境。

來自北方的十五歲少年劉子固徜徉在各式各樣的攤子中間，覺得有點頭昏，奇異的馨香與絢麗的色彩已經將他帶入了一個神秘的世界，一個容易迷路的世界。

他眞的迷路了。他剛才離開舅舅家時，舅舅還叮嚀僕人老劉要照顧好他，免得在市集中迷路了，找起人來很著急的。現在他不但迷路了，而且還跟老劉走散了，但是他心中一點也不著急，反而陶醉在目迷五色的感受中。

他無意間轉了一個彎，前面出現一個賣胭脂、香粉、扇子的小店鋪。在濃郁繽紛的扇面之間，突然他看到一張臉，那張臉比扇面上畫的人還要美豔姣麗，只見她身手輕盈地在各種美麗的物品當中穿梭來去，活像是圖畫中的仙女，卻在人間驚見。

劉子固看呆了，怔怔地站在不遠的市集角落，失魂落魄。這時一個客人來到店中，拿起一把扇子，把玩半天，最後問了價錢，付錢走了。劉子固看到年輕女子親手接過錢鈔，心中一動，便裝著大人的模樣，搖搖擺擺地走到店中，向女子要扇子看看。

女子見了他是青春少年，立刻羞怯地往內叫道：「爸！有客人！」

女子的父親出來了，問劉子固要買什麼。劉子固心中沮喪，隨便看了看扇子，便離開了。他不死心，雖然該走了，但雙腳就像是被釘住一樣，動彈不得。他又躲在一個角落，偷窺店中的動靜。

劉子固等到女子的父親又進裡面，店面只剩她一個人時，便又厚著臉皮來到了店中。女子又要叫父親，他連忙說：「不要叫！不要叫！妳只要告訴我價錢就行了，我不會殺價的！」

女子聽他這麼說，故意將價格抬高了，他也不忍跟她爭執，解開一貫錢的繩索，付了錢就走了。

他拿著扇子正在心神迷醉時，突然聽到有人叫他：「公子！公子！您跑到那兒去啦！我找您找得好苦呀！」

原來是老劉尋來了，劉子固便跟著老劉回舅舅家了。第二天，劉子固又找個藉口到市集去了。這次他已經認得路了，就不要僕人跟，自己到小店去了。

女子見他來了，掩嘴笑著，任他挑選扇子、香粉、胭脂，也不多說，只是在要價時又將價格抬高，劉子固也不多話，照樣付了錢就走。這樣來來去去了好幾天之後，一天劉子固又付了錢要走，那名女子卻追了過來說：「這位客人！回來一下！剛剛說的價格太貴了，要找您錢哪！」

劉子固又回到店中，女子將一半的價錢還給他。劉子固心中感激，第二天又來買東西了。這次女子竟跟他閒聊起來了：「這位客人不知道怎麼稱呼呀？」

「劉子固。孩子的子，固執的固。」

「哦！我還以爲是頑固的固呢！我姓姚，叫我阿繡就行了。你住在那裡？」

「我家在北方，離這兒很遠的。我現在住在舅舅家裡！」

兩人聊了半天，最後劉子固要走時，把要買的東西都交給她打包。阿繡用包裝紙包好，還用舌頭舔一舔把封口黏好，才交給劉子固。劉子固回家後不敢拆封，深怕破壞了她的舌痕。

這樣過了半個多月，老劉早發現了他的秘密，便告訴舅舅。舅舅立刻把他送回家去。劉子固回到家中，悶悶不樂。他將這些日子來所買的香帕脂粉等等都放在一個秘密盒子中，心情鬱悶時便打開來把玩，追憶一下當時的甜蜜情境。

第二年夏天，劉子固又到南方來渡假了。他放下行裝，第一件事便是去市集找阿繡。誰知那個店鋪的門關著，沒有營業。他很失望的回家了。第二天，他又去看了看，心中期望著店鋪只是休息一天，今天會開門才對。很不幸的，店門仍然深鎖。

劉子固失魂落魄地在店門前徘徊，旁邊一個老人問他：「客倌要找姚家鋪子呀？」

「是啊！你知道他們搬去那裡了嗎？怎麼沒再開店了呢？」

「哦！老姚其實是外地人，從南邊來作生意。聽他說生意不好作，賺不了什麼錢，最近才搬回老家的。」

「有沒有說什麼時候再回來？」

「沒有。這年頭，那有什麼說得準的事呀？」

劉子固垂頭喪氣的回舅舅家去。過了幾天他就呆不住了，催著僕人送他回家。回到家之後，他還是沒精打采的。母親爲他安排了幾門婚事，都被他拒絕了。

母親很生氣的問他：「你每天陰陽怪氣的，也不跟人說話，誰曉得你在想些什麼？別人家的兒子在你這個年紀早成親了，我才跟你提一下，你就火冒三丈，你倒給我評評理來！」

劉子固不肯說出心事，扭頭就走。母親氣得要命，這時跟著劉子固到南邊的僕人老劉在一旁出聲了：「夫人，快別氣壞了身子。我知道公子爲什麼不肯定親。」

「爲什麼？你倒是快說呀！」

「他在南方認識了一個女的，每天去她的店裡買扇子、香粉的。起先我以爲他是買給您的，後來發現買得未免太多了，就起了疑心，偷偷跟著去，才發現他在跟一個小店的女孩子打情罵俏呢！」

「都是你們不好好看著他，才會發生這種事！」

劉老太太更生氣了，從此她不准劉子固到南邊去渡假。現在連最後一線希望也破滅了，劉子固變得更陰沉苦悶，飯吃得少，書也不想唸了。母親擔憂不已，最後終於還是看破了，反正是兒子的婚姻大事，不如隨他的意吧！一天她叫老劉來：「你快整裝到舅舅家去一趟，幫忙問一下那個女孩子的身世，如果身家清白，就幫子固訂親吧！」

僕人老劉立刻去忙著上路，劉子固在一旁心花怒放，當天晚飯就多吃了一碗。母親也很高興，她不過放寬了心，兒子便又像個兒子，不再是個仇人了。

老劉去了好一陣子才回來。原來他不但問到姚家的背景，還親自跟著舅舅跑了一趟姚家，結果很不幸：「慘了！阿繡已經跟人訂親了！」

聽到這個消息，劉子固低下頭來，怕人見到他的眼淚。從此他心灰望絕，每天抱著盒子痛哭流涕，心中只盼望著世間還能有像她一樣的美人。

或許是上蒼聽到了他的祈禱，一天一位媒人來家裡，跟他說北邊的黃家有一位女兒，天下絕色，絕對不輸給他想訂親的姚家女兒。

劉子固不相信這世間還有同樣的美色，便親自坐車到黃家附近去打聽。他來到黃家所居住的小城，進了西門，見到向北一戶人家開著兩扇窗子，裡面有一個女郎在走動，身影神似阿繡。他睜大眼睛，再仔細看看，果然是阿繡，舉手投足完完全全一模一樣。

女郎見了他便往回走，一邊走一邊還禁不住地瞄他幾眼。劉子固心中疑惑不定，便在隔壁租了一間屋子暫住。他打聽出來那戶人家姓李，心中更怪異，天底下怎麼可能有這麼相似的人呢？

劉子固又開始守株待兔，幾天過去了，什麼動靜也沒有。他只是每天盯著李家的門口，但願她會像奇蹟般出現在他眼前。

一天黃昏，女郎果然出現了。見到劉子固之後，她立刻反身關門，用手指指後面，再將手掌覆在額頭上，然後便回家去了。

劉子固不知道她在暗示什麼，但是心中已經充滿喜悅，神魂都飄揚到天空中了。他東想西想，還是找不出頭緒，一雙腳不禁亂走一通，不知不覺來到住家的後院，只見荒園寥廓，西邊有一堵短牆，高及肩頭。他突然明白了，便蹲伏在草露中等待。

過了好一陣子，有人從牆上探頭出來，小聲地說：「來了嗎？」

劉子固應了一聲，站起身來。仔細一看，果然是阿繡。他心中悲楚，來不及說話便已淚流滿面。阿繡從牆上探身爲他拭淚，殷殷安慰。劉子固好不容易回過神來問道：「我以爲這輩子再也見不到妳了！人生眞是諸事不順遂！誰知道老天有眼，還能讓我再見到妳！爲什麼妳會在這裡呢？」

「李家是我的表叔，我暫時跟他們一家人住。」

「妳能不能過牆來，讓我們好好聊聊？」

「你先回去，叫僕人先睡，我馬上就來。」

劉子固便回到住處，要老劉先睡了，自己一個人枯坐燈前。過了一陣子，阿繡果然來了，衣粧樸實，跟當年那個賣扇子的清純女子一模一樣。

劉子固請她坐了，問道：「聽說妳已經訂親了，爲什麼還沒有出嫁？」

「說訂親其實是騙人的。父親不讓我嫁到那麼遠的地方，所以跟你舅舅這麼說，是想要讓你斷了念頭的意思。」

兩人聊到天快亮了，阿繡才離開。劉子固已經忘了當初要來這裡的目的了，每天只等著夜裡跟阿繡見面，半個多月過去了，連家也不想回了。

一天夜裡，老劉起來餵馬，卻見到劉子固的房中燈火通明，心中疑惑，忍不住到窗邊偷看了一眼，卻見到阿繡坐在裡面談笑風生。老劉嚇了一跳，不敢驚動兩人。熬到天亮，他去市井間打聽了一下，這才回家質問劉子固：「昨天晚上來的是誰？」

「沒什麼人啊！你在說什麼？」

「這裡荒郊野外的，你年紀也不小了，最好要自愛一點，免得撞到狐仙鬼怪！老夫人交待要看好你的，我可不想受罰！我問你，昨天晚上姚家的女兒怎麼會在你房中的？」

劉子固這才羞慚地說：「隔鄰是她表叔家，有什麼不可以的？」

「我已經問清楚了，住在我們右邊的一家只有一個老婦人，左邊的一家人兒子還小，也沒什麼親戚借住，我看你不是碰到鬼就是碰到狐仙了！不然她怎麼還是穿著以前的衣服，臉色也顯得太白，又瘦，嘴角也沒有笑渦，比起阿繡差遠了！」

劉子固聽了便陷入沉思，左想右想果然老劉說的都有點道理，他心中也有點怕了，便問道：「那該怎麼辦呢？」

「我看這樣好了，今天晚上還是讓她來。她來了之後，我就拿刀殺了她。」

當天夜裡，阿繡果然還是來了，但她一見了劉子固便說：「我知道你對我起了疑心，其實我也沒有惡意，只是想幫你了結一番心事罷了！現在我們緣份已了！」

就在這時候，老劉拿著刀子衝進來了。阿繡說：「用不著拿刀子了！快去備酒，我在跟你主人道別呢！」

老劉手上的刀子自動掉下來，好像有人奪走的一樣。劉子固看了更害怕，趕忙要老劉去備酒，勉強跟阿繡喝了幾盅。阿繡卻談笑自若，對劉子固說：「我知道你的心事，只是想幫你的忙而已，何必動刀動槍的呢？我雖然不是阿繡，但是自認爲不亞於她，你覺得呢？」

劉子固全身寒毛倒豎，一句話也說不出來。一直到三更半夜，假阿繡才把酒杯一乾，起身說：「我走了！等你洞房花燭夜之後，我再來跟你家的美人比美吧！」

說完她轉身一晃眼便消失了身影。劉子固急急要在旁邊發呆的老劉準備行裝：「快快上馬！我要趕去舅舅家！」

原來他雖然害怕假阿繡是鬼狐，但是卻相信她說的話。他立刻到舅舅家，埋怨舅舅不但沒有幫他，還騙他。他自己就在姚家店鋪附近租屋住下，一邊託媒人向姚家提親，還給了姚母很多黃金。最後姚母傳話來說：「姚老先生到鄉間挑女婿去了，一時之間也回不來。你在這裡乾等，也不知道有沒有用，還是得等他回來才行！」

劉子固聽了徬徨不安，不知如何是好，但一心還是想著阿繡，便守著原地不動。過了十多天，忽然聽到附近的城鎮有兵變，他還安慰自己那一定是假消息，這次非得等到姚老先生回來不可。

過了一陣子，一天老劉面色沉重的回來說：「公子，我們一定要回去了。土匪已經打進縣城了，我可不想在這裡送死，老夫人還在等我們回去呢！」

劉子固也沒有辦法可想，再想想如此枯等下去也沒個了結，還是先回家算了。主僕兩人便匆匆上路了。誰知半途兵荒馬亂的，劉子固跟老劉也走散了，只剩他一個人悽悽惶惶的走在路上。突然一隊兵馬過來，看他一個人善良可欺，便將他的馬車奪了便跑。

現在他只剩下一匹馬，一個人垂頭喪氣地往前走。過了邊界時，他看到路邊有一個女子，蓬頭垢面，光著腳，步履不穩的走著。他騎馬經過那個女子身邊，那個女子抬頭看他一眼，便叫道：「騎在馬上的不是子固嗎？」

劉子固停住馬，仔細一看，那個蓬頭垢面的女子竟然是阿繡。但是他心中還是有點害怕，便遲疑的說道：「妳是眞的阿繡嗎？」

「不是眞的，難道還有假的？爲什麼你會這麼問？」

劉子固將自己的遭遇約略地說了一遍，阿繡便說：「我是眞的阿繡，不是假的。我跟著父親回到家鄉後，土匪來攻打我們的縣城，我被抓走了，被人駝在馬上往前走，但是我騎不好，老是掉下來。突然一個女孩子過來握住我的手，帶著我往荒野草叢中竄逃，軍隊中好像也沒人看到我逃一樣。

那個女的健步如飛，我幾乎跑不動了，沒多久連鞋子也跑掉了。後來兵荒馬亂的聲音離我們越來越遠，她才放下我的手說：『再見了！前面都是平路了，很好走的。妳可以慢慢的走，沒多久，妳心愛的人就會出現了。』」

劉子固知道這個女子必然是狐仙假阿繡裝扮的，心中不禁十分感激。他就告訴阿繡自己再來到舅舅家的原委。原來阿繡的叔叔眞的爲她找了一門親家，姓方，但是什麼都還沒談成，土匪亂起，便也作罷了。劉子固這才知道舅舅並沒有騙他。

劉子固便將阿繡抱上馬，兩人一起騎回家去了。回家之後發現母親安好，他才放心了。阿繡梳洗了一番，化好粧再出現時，竟然風華絕代，連劉子固的母親都喜不自勝地說：「原來妳是個絕色美人，難怪子固念念不忘。」

劉母讓阿繡跟著自己睡，又託人送信到姚家，姚家父母都來了，這對亂世兒女總算結成夫妻。婚後劉子固拿出自己收藏的寶盒給阿繡看，其中有一盒粉，打開來竟然都是紅土，不是粉。阿繡掩口笑說：「幾年前騙過你，現在終於東窗事發啦！當時我看你都是讓我自己包裝，也不管我包的是什麼，我就拿了這盒贋品來逗你啦！」

夫妻正在嘻笑間，突然有人在空中笑著說：「這麼快樂！新人迎過門，媒人送過牆喲！」

他倆對看一眼，知道一定是假阿繡出現了。劉子固說：「救命之恩，我們可不敢一日或忘。希望妳能現身一見。」

「我不願見阿繡。」

「爲什麼？妳可以換另一種面貌出現，不要模仿她呀！」

「我不行，變不來。」

「爲什麼變不來？」

「阿繡其實是我的妹妹。前世時她不幸夭折。她還活著的時候，有一次我們跟著母親去天宮見西王母，心中很愛慕她，就想模仿她的模樣。妹妹比較聰明，一個月就學會了。我學了三年，才勉強有點像樣，但總是比不上她。現在已經隔世，我以爲自己有進步了，誰知道還是比不上她。我很感動你們之間的有情有義，所以特別來看你們一下，來世再見了！」

聲音越來越渺小，最後空中一片靜寂。劉子固與阿繡彼此對望一眼，心中有千言萬語，已盡在不言中了。

11

辛十四娘

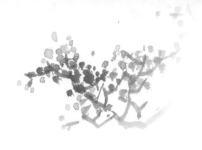

清晨的濃霧剛起，白茫茫的一片籠罩著大地，讓人伸手不見五指。

一大早便想去找朋友飲酒漫遊的馮生率性地走在清晨的迷霧中，一邊伸出自己的雙手，看看到底能不能看見自己的手掌。

雖然濃霧迷眼，但是他不只看到了自己的手掌，還看到在手掌之外，一位披著紅披風的娟秀少女，跟著一位小僕人，急急沖沖地在夜露寒風中奔跑呢！

馮生以爲自己一定是眼花了。他揉揉眼，卻眞的看到那對美麗的雙足從他眼前走過，而且鞋襪上還被露水沾濕了呢！等他回過神來，女子已經走遠，但是他心中已經記下這一次的奇遇了。

那天黃昏時分，馮生醉酒歸來，搖搖擺擺地騎驢經過一座蘭若寺，那裡原本是一間古廟，但是年久失修，早已經荒廢了。就在這時候，一個女子卻從荒蕪的寺中走出來，剛好跟馮生面對面。馮生醉眼朦朧地想：「這不是早上才看到的美人嗎？怎麼又在這個鬼地方碰到了？」

那個美人看到他，臉色都羞紅了，轉身便又走進院中。馮心很好奇，爲什麼和尚清修的古廟會有美女住在其中？於是他將驢子繫在門前，走進廟中一窺究竟。

他走進廟中，只見斷垣零落，石階上都鋪滿細草鮮苔，哪有人蹤？正在徬徨之間，突然一個頭髮斑白的老人出現了，問他道：「您打哪兒來的？」

「我只是想來看看這所聞名已久的古剎，老先生您怎麼會住在這裡？」

「我剛搬來，暫時沒地方住，就先在這座廟裡安頓家小。見面就是有緣，既然來了，不妨到裡面坐坐，以山茶當酒，我們聊一聊吧！」

老先生便恭恭敬敬地請他進去。馮生來到殿後，看到另一個庭院，鵝卵石小路清潔明亮，四週也不再有荊棘圍繞。進入室內，則是簾幕深垂，床鋪座椅皆香氣撲鼻。馮生說道：「在下馮生，請問閣下尊姓大名？」

「我姓辛，叫我辛老先生得了。」

馮生還有點醉醺醺的，便沒大沒小地說道：「我聽說您有位女公子，還沒有訂親，我很想毛遂自薦，不知道行不行？」

辛老先生笑笑說：「這都是辛夫人在管的。」

自恃才華的馮生就大膽的說道：「這樣好了，麻煩您給我紙筆，我立刻題首詩以表明心意吧！」

辛老先生便叫人取出紙筆，讓馮生寫了：「千金覓玉杵，殷勤手自將。雲英如有意，親爲擣元霜。」

意思是說花了千金買到一把珍貴的玉杵，準備自己動手來擣藥。如果天上的仙女對我眞的有意，我便要爲妳在人間親手擣仙藥。

辛老先生看了詩也只是笑笑，便要僕人將詩詞送進去。過了一陣子，一位婢女過來跟辛老先生耳語一番，辛老先生便起身說：「馮公子請稍坐，我去去就來。」

馮生欠身還禮。辛老先生便掀起簾幕，走進室內。隱隱約約聽到他跟簾中的人說了幾句話，便轉身出來了。馮生立刻正襟危坐，以爲一定有好消息了。但是辛老先生卻什麼也不說，只是繼續談笑生風。馮生有點急了，便問道：「不知道您對我剛剛題的那首詩有什麼意見？很希望能聽聽您的想法。」

「你是風流倜儻的讀書人，我對你早已仰慕許久，但是這件事實在有難言之隱，不太方便說的。」

馮生一直要他說出來。辛老先生這才勉強說道：「我一共有十九個女兒，已經嫁了十二個。每個女兒的婚事都是夫人在作主，我連插一句嘴都不行的。」

「我只要今天早晨，冒著大霧，帶著小僕人走田埂的那個女兒便行了。」

馮生說明得很清楚了，但是辛老先生還是一句話也不說。這時他聽到簾幕內有人嚶嚶膩語，便一時衝動，起身掀起簾幕說：「既然做不成夫妻，讓我見見面總可以吧！」

簾內的人聽到簾幕被拉起來的聲音，嚇了一跳，都怔在原地，裡面果然有那位紅衣女子，衣袖飄飄，長髮垂肩，亭亭玉立在那兒，看到馮生突然出現，不禁遍室張皇，恨不得找個地洞鑽進去。

辛老先生大怒，立刻叫人將馮生攆出去。馮生醉意更深，倒在荊棘蔓草中，只覺瓦石亂落如雨，幸好都沒有打到他身上。他躺在亂草中不知昏睡多久，等他突然醒來想翻翻身時，這才聽到驢叫聲。原來驢子等了他一夜，肚子也餓了，正在吃路邊的乾草呢！

馮生勉強起身，爬上驢背，踉蹌而行。夜色迷悶，他一個不小心便騎入山澗之中，只聽到野狼在他身邊奔竄，貓頭鷹發出恐怖的叫嘯聲。他心涼了半截，全身寒毛也倒豎著，但是四處望望，實在也不知道自己走到什麼地方來了。這時在遠遠的密林之間，竟然出現了忽明忽滅的燈火，他想：「前面看起來是一個村落的樣子，不妨去敲門投宿吧！」

他趕著驢子往燈火明滅的方向走去，果然沒多久便是一戶門禁森嚴的人家，他拿起鞭子用力敲著門，深怕裡面的人聽不見。還好沒多久門內便有了回音：「是誰呀？三更半夜的來敲門？」

「敝姓馮，半夜迷路了，懇請借住一宿。」

「你等等，我去跟主人說說去。」

馮生在暗夜之中等了老半天，正有點氣餒時，突然聽到門栓被拉開來的聲音，然後門開了，一名健壯的僕人走出來，幫他捉住驢子，就請他進去了。

馮生走進室內，四處鋪陳華美，燈火通明。他一個人枯坐半晌，才有一位少婦走出來，問了他姓名便又進去了。又過一陣子，幾名穿著青衣的僕人簇擁著一位老太太出現，並說道：「郡君到！」

馮生嚇了一跳，立刻起身拜見。雍容華貴的老太太卻阻止他，問他說：「你是馮子雲的孫子嗎？」

「是！」

「子雲是我遠房的外甥。唉！人老了，什麼都不管用了。親戚骨肉之間也都沒辦法來往了！」

「我早年喪父，祖父的親戚更是一個也不認識，抱歉這一向都不知道您住在這裡，沒有來向您請安！」

「你還說呢！」老太太的語氣有點賭氣的樣子，馮生也不敢再說，只是靜靜坐著。

「對了，三更半夜的，你怎麼會跑來這荒郊野外的？」

馮生便一五一十將自己的遭遇說了一遍，老太太笑著說：「這是天賜良緣呀！何況你又是天下名士，跟你結親也只有錦上添花的道理，這些野狐狸精，未免自視太高了！你別擔心，我會幫你想辦法的。」

馮生一連謝了好幾聲。老太太卻望望身邊的人說：「我還不知道辛家女兒有這麼標緻的？」

一名僕人回道：「辛家有十九個女兒，個個都蠻有風韻的。不知道公子中意的是那一位？」

「我也不太清楚，只是看起來大約十五六歲的樣子。」

「一定是十四娘。前幾天才跟著母親來祝壽的，郡君已經忘啦？」

郡君便笑著說：「是不是那個穿著高統靴，上面還刻著蓮花瓣，頭上蒙著紗巾，全身灑著沉香的小丫頭？」

「就是她！」僕人回道。

「這個小姑娘很會騷首弄姿的，不過人倒長得眞是窈窕有緻，我家的外甥還滿有點眼光的。派個人去，把她叫來吧！」

僕人答應了，便轉身出去了。過一會兒，他又出現了，並說道：「辛家十四娘到！」

只見一位紅衣女子朝郡君下拜，郡君將她拉起來說：「以後就是我家外甥的媳婦，不必行婢女禮啦！」

女子站起身來，娉婷玉立，紅袖低垂。郡君愛憐地爲她理理一頭長髮，又捏捏她的耳環說：「十四娘每天在閨房之中都做些什麼事呀？」

女子低聲應道：「閒來無事，就做一些挑繡的女紅。」

她轉頭看到馮生，立刻顯得羞縮不安。郡君說：「這是我的外甥，他一心想跟妳結親家，爲什麼你們把他趕出門，讓他半夜迷路，在山澗中到處亂竄呀？」

女子低著頭，一句話也不說。

郡君又說了：「我叫妳來，也不是爲別的事，就是想幫我外甥完成好事而已。」

郡君說著便要僕人準備床鋪，今晚就要爲兩人成親了。辛十四娘這時卻靦靦地開口了：「我要回去跟父母說一聲才好。」

郡君堅持地說：「我替妳做媒，還有什麼不好的？」

「郡君之命，父母當然不敢不從，但是如此草草了事，婢子就是拚死也不能相從！」

郡君笑著說：「小女子志不可奪，還眞是我們家的媳婦呢！」

於是她從辛十四娘頭上拔了一朵金花，交給馮生當作信物。她要辛十四娘回家準備，擇吉成婚，然後要僕人送辛十四娘回去。

這時天色破曉，遠處已有雞啼，僕人也將驢子牽來了，馮生便騎上驢子離去了。他才走了幾步路，突然想回頭看看，誰知回頭一看，在濛濛曉色中，那有什麼村舍，只見一片密密松林中掩映著幾座荒塚罷了。

馮生無奈，只好自己找路回家。回想這一晚的遭遇，他知道自己一定見了鬼。原來那座墳墓是薛尚書的家墳。薛尚書是馮生祖母的弟弟，所以才叫他外甥。

雖然想起來有些心驚膽顫，但是一想到辛十四娘的娟麗，不禁又希望這不是遇到鬼，而是眞人眞事！他胡思亂想地回到家，心中還是放不下，畢竟做了些準備，希望在良辰吉日時會有奇蹟出現。

雖然如此，他還是有點懷疑與鬼相約，會不會守信用？這一天他抽空又去了蘭若寺一趟，只見殿宇荒涼，他問問居住在那兒的人，有沒有人認識辛家的人？人們只說這裡夜來常有狐狸出沒，沒聽說什麼辛家的人。

馮生有些心灰意冷，但是心中仍然癡想著：「只要能得到辛十四娘，就算是狐狸精也認了！」

到了選定的良辰吉日，馮生要僕人清掃全家上下，還更換了半夜守門的僕人。但是一直守到半夜都毫無動靜，馮生心想一定沒指望了。過了一會兒，突然門外陣陣喧嘩，馮生連鞋子都來不及穿好就衝出去看是怎麼回事？

他才走到院中，只見一座轎子已停在院中，一對婢女陪著辛十四娘就坐在用藍色布幔鋪好的新房中。看看她的嫁粧只是兩個長鬍鬚的僕人扛著一個撲滿而已。那個撲滿大如甕，及肩高，就放在牆角。

馮生欣喜莫名，已經忘了她的身家背景與自己截然不同，只是問道：「郡君是我外祖父的弟媳婦，一個老死鬼而已，妳家爲什麼那麼怕她呀？」

「薛尚書是五都巡環使，幾百里的鬼狐都歸他管理的。你爲什麼都不去掃墓呢？」

馮生想到郡君爲他作媒，第二天便到墳上掃墓。回家時卻聽說有兩個僕人送了一些紋路華美的布匹爲賀禮，辛十四娘一看便說：「這種海貝圖案的布匹只有郡君家才有的。」

馮生婚後，一位官場中的友人，職位做到楚銀臺的公子，從前兩人經常玩在一起的，這時聽說他得了一位狐狸精夫人，便借故送賀禮，到他家看個究竟。過了幾天，又下帖子邀他外出飲酒。

這時辛十四娘對馮生說：「那位公子來的時候，我從牆上的小洞中偷看了一眼。他的眼睛像猿猴，又是鷹鉤鼻，不能長久相處，最好不要去赴約。」

馮生答應了，便沒有去赴約。第二天，公子竟來家質問馮生：「昨天找大家一起飲酒作樂，爲什麼沒看到你呀？」

「哦！家裡事忙，一時抽不出身，等忙完了，又太晚了，就不想去了。」

「喝！成了家眞的就不一樣了！以前你不是有酒必到的嗎？」

馮生苦笑一下，不知如何作答，只好說：「今天來有什麼特別的事嗎？」

公子又譏諷地說：「沒事就不能來呀？是這樣的，我剛寫了一首詩，想請你指正指正！」

公子拿出一首新作，讓馮生欣賞。馮生不知好歹，竟然批評了一兩句說：「這兩句好眼熟，似乎是從古詩十九首裡面抄來的嘛！」

公子一聽耳朵都紅了，果然是抄襲沒錯，但是他沒想到會被識破，於是他臉色一沉，惱羞成怒地說：「好吧！你不欣賞就算了，我另外去找知音去！」

公子說著帶著詩詞，悻悻地離去了。馮生回到房中，笑著跟辛十四娘說：「這個楚銀臺的公子好沒道理，自己抄襲，被我說破了還要生氣！」

辛十四娘卻慘然地說：「你沒聽過豺狼虎豹不可狎玩嗎？你不聽我的話，遲早會出事的。」

馮生只是謝謝她的提醒，卻不當一回事。過一陣子，公子又來找馮生外出玩樂飲酒，兩人互相嘲弄嬉鬧，以前的誤會又像是消失了。

當地鄉試的日子近了，公子參加了考試，得到第一名。公子洋洋自得，就差人來請馮生飲酒。馮生拒絕了，他又派人來請。一連好幾次，馮生只好去了。

他來到現場才知道原來這天是公子的生日，客僕滿堂，席筵豐盛。公子把試卷拿出來給馮生看，親友都跟著起鬨，直叫道：「好呀！好呀！天下奇文共賞之！」

大家又喝酒作樂，台前還有樂隊助興，賓主盡歡。公子突然對馮生說：「俗語說：『場中莫論文，』我想這句話還是值得商榷。誰說科舉場中的文字都是騙人的呀？以我這篇文章來說吧！我會得第一名，全跟這起頭一段有關連。這起頭就已經高人一等了，別人怎能跟我比嘛！」

公子一說，眾人都跟著叫好：「好好好！公子說得對！什麼場中莫論文，簡直是屁話！」

馮生也喝醉了，膽子也大起來，聽到眾人一連叫好，便忍不住笑著說：「公子能做到今天的高位，難道眞以爲是因爲自己文章過人呀？」

馮生這麼一說，在座的人都大驚失色，公子也氣得說不出話來。歡樂的氣氛被打破了，過了一陣子，就有人要離開了，馮生也悄悄溜走了。

馮生在回家的路上就漸漸清醒了，想到自己的醉後失言，不禁懊悔不已。他告訴辛十四娘發生的事情，辛十四娘很不開心的說：「你眞是個鄉巴佬！浪蕩子！你這種輕薄的態度，用在君子身上，只是讓人覺得你沒品而已；用到小人身上，可會有殺身之禍的！我看你大禍臨頭了！我實在不忍見到你流離失所，乾脆先走好了！」

馮生聽了也害怕，哭著說：「妳走了我怎麼辦？求求妳不要走，幫我想想辦法！」

辛十四娘也無奈，便要求他：「你要留我，就要跟我約法三章，從今天起閉門思過，息交絕遊，再也不到外面飲酒作樂！」

馮生恭敬地答應了。辛十四娘的個性勤儉灑脫，每天紡紗織布，偶爾回回娘家，也從不在外過夜。有時把織成的布拿去賣了，賺到的錢就放進撲滿裡。馮家的門從此緊閉，有客人來訪也都叫僕人回絕了。

過了一陣子，楚公子又派人送信來，辛十四娘接了信只是燒掉，不讓馮生看到。第二天，馮生到郊外去參加友人的葬禮，剛好碰到楚公子也在場。楚公子見了他，說什麼也不放人，一定要他來家飲酒，還要僕人牽著他的馬走。

馮生無奈，只好到楚公子家一坐。到了家，公子立刻要人備酒，馮生喝了一下便要辭行，公子卻堅持不肯放人，還要家中的樂師出來彈箏助興。

馮生的個性向來豪放不羈，這幾天來都關在家中，正覺悶悶不樂。這下有機會暢飲了，所有的羈絆也都沒了，他又豪情大發，狂飲一番，最後又醉倒桌上。

這位楚公子有一位又悍又善妒的妻子叫阮氏，一般的婢妾都不敢親近公子，以免被她責罰。這天一位婢女不小心跟公子打情罵俏了一下，被阮氏看在眼裡，過了一陣子，她趁婢女一個人在房中時，抓過來便打。她用木杖敲婢女的頭，婢女立刻腦漿破裂，當場死亡。

家中發生謀殺大事，公子心中憂慮不已。碰到馮生時，他突然心生一計。他想：「好小子！平常你作弄我，現在我可要給你嘗嘗苦頭了！」

他看到馮生醉得不省人事，便將婢女的屍體放在他身邊，再關上門出去。馮生半夜醒來，才知道自己醉倒在桌邊。他起身看看那裡有床，想躺下來再睡。這時他碰到地上的一個龐然大物，跌了一跤，一摸才知道是一個人。他以爲主人請了一個僕人陪他睡，他就伸手去搖僕人，誰知道怎麼樣也搖不醒，才發現那人早已全身僵硬。

馮生立刻衝出門房，大叫道：「不得了！不得了！死人了！」

這時僕人全驚醒了，大家看到屍體便抓住馮生不放，堅持是他殺的人。公子也出來作證，認爲是馮生先姦後殺，將婢女殺死了。最後馮生被送到縣裡坐監。

隔了一天，辛十四娘才知道這件事。她流著淚說：「我早就知道有今天了！」

她便每天送錢到獄中。馮生見了縣官也說不清道理，只能早晚被打，皮開肉綻。辛十四娘去看他，他滿心悲痛，無法言語。辛十四娘知道這是陷阱，便勸他假意投降認罪，以免遭受更多皮肉之苦。

辛十四娘爲了丈夫日日奔忙，鄰人或親戚從來沒有人來慰問或幫忙，她回家也只是緊閉門扉，還將所有的婢女都遣散了。

馮生既然認罪了，縣官便判他絞刑，只等秋決了。僕人得到訊息，回家痛哭，辛十四娘卻坦然自若，好像並不在意。

快到了秋決的那幾天，辛十四娘才有點惶然不安的樣子。她每天早出晚歸，一個人在家中獨自流淚，不吃也不喝。

一天下午，一個婢女突然回家了，辛十四娘立刻起身與她密談了許久，出來之後便笑容滿面，持家料理一如往日。

第二天，僕人到獄中看馮生，馮生要他傳話，請辛十四娘到獄中見最後一面。僕人傳話回去，辛十四娘也不回答，臉上的表情也十分淡然。僕人之間便竊竊私語道：「夫人一點也不關心主人的死活，心眞狠呢！」

就在這天，外面突然傳出楚銀臺被革職了，宮中的大臣要親自來審查馮生的案子。僕人在外聽說了，喜滋滋的回家報告好消息。辛十四娘也興奮不已，要僕人到獄中打探。到了縣裡才知道馮生已經出獄了。楚銀臺公子已經被捕，案情大白了。

馮生回家見了辛十四娘，悲喜交集，只是一直很好奇爲什麼能翻案？辛十四娘指著婢女笑著說：「她就是你的功臣，還不快謝謝人家。」

原來案子一發生時，辛十四娘便要婢女到京城去，爲馮生申冤。婢女到了宮前，卻發現宮中有神守護，她只能徘徊溝渠間，幾個月都進不去。

她害怕自己誤了事，便要回去。突然聽說皇上要微服出巡，於是她便喬裝成妓女，先到勾欄院中等著。她假裝自己遭到家難，被逼下海，旁人也不相疑。

這一天皇上果然臨幸勾欄院，對婢女也一見鍾情。皇上問道：「妳的氣質與眾不同，爲什麼會流落到勾欄院呢？」

婢女便哭著說：「我原來在鄉下過得好好的，誰知道父親馮生被人陷害，就要被絞死了。他也沒法養我了，只能把我賣到勾欄院中。」

皇上聽了也動容，便賜給她黃金百兩，又問清了始末，還用紙筆記下她的姓名，想要與她共富貴。她卻說：「我只要父女團聚，不要榮華富貴。」

皇上點點頭，不再多說便離去了。就因爲如此，馮生的案子才得以洗清冤屈。

馮生聽到辛十四娘與婢女如此努力爲他雪冤，不禁淚如雨下。他跪地急拜，心中對於自己一生的輕狂不羈，終於有了深刻的悔恨。

12

魯公女

狂風從山頂的那一邊吹過來，張於旦站在山陵線上，仰頭長嘯，回音盪漾在山谷間，彷彿一隻野獸在嘶吼。

他很喜歡爬到山頂上的感覺。從這裡不但可以看到他寄居的蕭寺，還能盡情呼吸自由的空氣。說實在，爲了這次的科舉考試，他已經獨居苦讀半年，不但苦悶的生活跟他平日疏狂不羈的性格不合，而且自己能不能中舉還是問題。因此他常常在讀累了，或心情鬱悶時，就跑上山頂仰天長嘯一番，似乎也灑落了一身的煩躁。

這一天的風很大，張於旦在山頂站久了有點暈眩的感覺。這時他突然看到不遠的山徑上，一位風姿綽約的女子穿著錦貂皮裘，手上拿著弓箭，騎著一匹小黑馬，走在狂風之中，她的頭髮翩翩飛起，像是走在圖畫中的神仙女子。

張於旦早就聽說當地的縣令魯公有一個女兒，風姿娟秀，又很喜歡打獵，看到眼前的麗人，他心想：「這一定是那個喜歡打獵的魯公女了！」

魯公女轉過山徑便下山去了。張於旦卻一直呆呆站在那兒，直到魯公女的身影消失了，才怏怏地回到蕭寺中。

從這一天開始，張於旦的心中就多了一個不可磨滅的畫面，一個朝思暮想的對象。但是他完全不知道如何才能再見到魯公女，只是有事沒事便往山頂上跑，冀望能再見魯公女一面，但每次都失望而歸。

過了一陣子，一天張於旦從山頂回到寺中時，卻看到寺中擺了一個靈柩，他好奇地問寺中的和尚：「這是誰的靈柩呀？」

「魯公的女兒。原本好好的一個小姑娘，突然得了急病，當夜就死了。魯公的老家很遠，就先寄放在寺裡。唉！生死有命，色即是空，空即是色！」

老和尚說著陷入了沉思當中，張於旦聽了這個消息，卻像被人當胸打了一拳，頓時天旋地轉，腳步都要站不穩了。他勉強扶著靈柩的一角，心中有千言萬語，卻一句話也不能說。

當天夜裡，張於旦無法專心讀書，他決定到魯公女的靈前上香，爲她祈福。雖然他倆無緣，但是他還是想爲她在另一個世界的幸福安寧盡一點力量。

張於旦從此每天早晚上香，只要吃東西一定會擺在她靈前祭拜，又經常祭酒祝禱：「我只見過妳一面，卻長繫魂夢，沒想到妳突然生病死了，再也見不到妳了。現在我們倆近在咫尺，卻邈若山河，眞是遺憾呀！不過活著的人有拘束，死了的人卻百無禁忌。如果妳在九泉之下有靈，請來見我一面，不負我對妳的一片衷心傾慕吧！」

張於旦每日誠心祝禱，從此連廟裡的和尚有時都會取笑他：「張公子不拜佛卻拜魯公女呢！」

張於旦也不在意，只是一心一意地膜拜魯公女。半年時光匆匆過去，一天晚上，張於旦正想挑燈夜讀，突然看到魯公女笑盈盈地站在他的桌前。張於旦嚇了一跳，立刻站起身來，全身顫抖不已。

魯公女站在燈前，春風滿面，似乎比以前更多了一點嬌媚。她笑著說：「我被你的眞情感動了，無法自拔，只好不避嫌來找你了。」

張於旦喜不自勝，立刻接受了她，從此兩人每天晚上都會見面幽會。一天晚上魯公女對張於旦說：「以前我喜歡打獵，殺了好多鹿跟獐，罪孽深重，到現在都死無歸所。如果你眞心愛我，就請你爲我每天誦讀金剛經，我生生世世都不會忘記你的恩惠的。」

張於旦聽她這麼說，便每天晚上在她靈前誦唸金剛經。這樣過了四五年，後來魯公罷官了，家裡變得一窮二白，沒有辦法將女兒的靈柩帶回老家安葬了。一天魯公來到寺中跟老和尚說：「我已經退職了，想回老家去。女兒的靈柩我打算就地安葬了，但卻苦無葬地，不知道如何是好？」

張於旦在一邊聽說了，便向魯公提議說：「我在寺旁有一塊薄田，不如就讓貴女公子葬在那兒吧！」

魯公聽了欣喜莫名，立刻擇吉安葬了，但卻不知道爲什麼張於旦會如此好心相助。魯公回老家之後，每天夜裡魯公女仍然會出現，兩人依然深情綢繆。

一天夜裡，魯公女出現後卻顯得臉色慘白，她淚如雨下的說：「我們有五年的緣份，現在時間已經到了，我要走了。你對我的恩情，就是隔世也不足以報！」

張於旦驚訝地問道：「爲什麼妳這麼說呢？妳不是在人間，爲什麼還會受到約束呢？」

「我請你幫我唸金剛經，現在已經功德圓滿，我可以重新投胎做人了。我會投生在北方的盧戸部家，如果你還記得我，再過十五年後，八月十六日來跟我見面吧！」

張於旦也哭著說：「我現在已經三十多歲了，再過十五年就老了，就算見了面又能怎樣呢？」

魯公女也哽咽著說：「如果不能結成夫妻，就算做你的婢女也行。」

兩人淚眼相對好一陣子，魯公女終於說：「請你送我一程。這一路上荊棘叢生，我的衣裳會被刮破的。」

張於旦便抱起她，只覺她像嬰兒一樣，一點重量也沒有。張於旦走到大馬路上，只見路邊停了好幾輛馬車，有的車上只有一個人，有的兩人，有的三人、四人或十數人不等。其中有一輛鑲著金邊的香車，掛著簾幕與紅色的流蘇，只有一位老太太在車上。

老太太看到魯公女出現了，便說道：「妳來啦！」

魯公女回道：「來了！」

然後她轉頭對張於旦說：「就送我到這裡吧！你回去吧！記得來日再相會！」

張於旦將她放下來，她慢慢走到車前，老太太將她拉上車子，關上簾幕，馬車便轔轔而去。

張於旦失魂落魄地回到寺中。這個地方他再也住不下去了，於是他收拾一下行李，回家去了。其實他家就在離寺廟不遠的鎮上，但是他一方面喜歡清靜，一方面跟妻子其實沒什麼感情，再加上魯公女的出現，使他多年來都住在寺中。即使是後來他放棄了鄉試，仍然還是住在寺中，過著神仙生活。現在魯公女走了，他一個人再也忍受不了過去喜歡的清靜感覺，只好再回到已經像是陌生人的家中了。

張於旦回到家中後，仍然過著清修的日子。他將十五年的日期記在牆上，每天虔誠誦經。一天夜裡他夢見神仙告訴他：「你的志向很好，不過你要到觀音大士住的南海去才行。」

他問道：「南海有多遠？」

「近在方寸之地。」

聽到這句話之後，他就醒了。他心中若有所悟，更加誠心唸佛，修行倍潔。三年後他的次子張明、長子張政都中了舉人，當上大官。張於旦家變成了大富人家，但他仍然誠心向佛，不問世事。

一天夜裡，他夢到一個青衣人邀請他去一個地方。他來到一個宮殿，見到一個人如菩薩團坐在那兒，那人告訴他說：「你是善心之人，只可惜壽命不長，幸好我已經爲你向上帝請命了。」

張於旦拜倒在地。菩薩要他坐起來，給他喝一種茶，味道芳香卻如蘭花。又要一個小孩子來帶他到浴池中洗澡。池水十分清潔，還可以看到游魚穿梭來往，他感到水溫剛好，捧起來聞還有荷葉香味。他越走越深，一個不小心便陷入深淵之中，水淹過他的頭頂，他快要窒息了。就在這時候，他突然驚醒了，才知道自己還在人間。

從這天開始，他的身體起了一些奇異的變化。他好像又回到了青春歲月，眼睛也更清晰，鬍鬚頭髮原本有些斑駁，現在灰白的部位都掉光了，又重新長出黑髮黑鬚。再過一陣子，連黑色鬍鬚也不見了，臉孔也越來越年輕。

幾個月後，他整個人看來就如同孩童一樣，不過十五六歲的模樣。平時他也不幹正事，只是像個孩子一樣每天玩樂嬉戲，還不時出點亂子，每次都是他的兩個孩子幫忙收拾善後。

就在他變形後不久，原配的妻子年老病死了。兩個兒子看到猶如頑童般的老父也無可奈何，便想爲他到豪門大家去娶一門繼室。但是他卻自顧自地說：「等我到北邊後再自己討媳婦回來。」

兩個兒子哭笑不得，也只好由他。算算日期到了，這一天他叫僕人備馬，往北邊去尋找了。果然有一戶盧家，家中正好有一位十五六歲的少女。

原來盧公當年生了一個女兒，一生下來就會說話。長大後美麗聰明，又孝順父母，父母都很鍾愛她。到了要訂親的年紀，父母爲她找了許多大戶人家，她都不肯答應。時光匆匆，眼看著女兒的年紀也越來越大，婚事卻還是沒著落，母親心中不禁發急，一天逼問女兒道：「女兒呀！妳老實告訴娘，是不是看上了什麼人家的公子，不好意思對娘說？」

女兒便將前生往事約略訴說一遍，母親算算日期，不禁失笑：「妳還眞癡呢！現在張郎就算活著，也是半百老人，而且人事變遷，搞不好屍骨已寒，妳還在瞎等什麼呀？」

女兒卻不理她。母親氣不過，便私下要僕人看好門口，不准一個叫張於旦的人來家裡，好讓女兒死了這條心。果然沒多久，一個叫張於旦的年輕人來求見，卻被拒絕在門外。

張於旦無奈，只好回到旅舍中。他的心情鬱悶，便想到郊外走走，順便向當地人打聽盧家的消息。

這時當年相約的時間已過，盧家的女兒以爲張於旦負約了，每天便以淚洗面，不吃也不喝。母親又急又氣，罵她說：「他沒來，一定是早已死了。就算沒死，他不來也是他先負妳，也不是妳的錯呀！」

女兒卻不說話，躺在床上有如槁木死灰。盧父見了卻有些擔心，他知道張於旦來過，便打算到郊外的旅舍去探個究竟。

他來到郊外，剛好碰到張於旦，這才發現他原來是青春美少年，心中已經高興起來。等兩人促膝對談一番，知道張於旦個性豪爽不拘，風流倜儻，又更加欣賞了。於是他邀張於旦到家中去。

張於旦才要問到盧家女兒的事，盧父卻說：「您先坐坐，我去去就來。」

盧父來到女兒房間，很高興的說：「女兒呀！快來看看父親給妳帶誰來了？」

女兒一聽是張於旦精神便來了，勉強起身到前廳去探看。誰知透過簾幕，她看到的卻不過是個帶著稚氣的年輕男孩子，氣得轉身就走，還哭著說：「您們串通好了在騙我，我不想活了！」

父親急著辯解：「他眞的是張於旦呀！我敢發誓！」

「我說不是就是不是！」

女兒又躺回床上默默流淚。盧父心中懊惱，回到客廳後便有些心不在焉，對張於旦也很冷淡，張於旦莫名其妙，只好告辭。

幾天過後，盧家的女兒便死了。當天夜裡，張於旦夢到魯公女來到夢中說：「那天看到的眞是你嗎？你的外表年紀都不一樣了，我沒看出來，結果憂憤而死。麻煩你快快請土地公爲我招魂，還可以救，遲了就來不及了。」

張於旦醒來立刻到盧家去尋問，果然女兒已經死了兩天了。張於旦立刻將夢中的話告訴盧公。盧公也沒了主意，便同意他招魂了。

張於旦將她的衣襟打開，輕輕撫摸她的肌膚，一邊爲她唸經祝禱。過了一陣子，她的喉嚨中哦哦有聲，突然嘴唇張開來，吐出一塊像冰一樣的痰來，便慢慢的蘇醒了。

雖然人間有路，張於旦與魯公女卻在另一個世界才有了溝通。現在他倆經歷生生死死，終於依約在人間相見，彼此都有恍如隔世之感。幸好他們都還年輕，一切都可以重新開始。

在盧父的安排下，年輕的張於旦與盧家的女兒終於成婚，完成了前世今生的大事。

13

伍秋月

「朝辭白帝彩雲間，千里江陵一日還。兩岸猿聲啼不住，輕舟已過萬重山！」

王鼎乘坐的小舟在波濤洶湧中急駛而去，讓他禁不住想起李太白的這首詩。雖然他沒有詩人的才華，但是這一生他倒想學著做個白日放歌須縱酒的豪俠之士，結交天下有情有義氣的壯士。

其實他的家人一直反對他這麼做。在他十八歲的時候就早早爲他娶了一門媳婦，期望他能安定下來。但是沒想到新婦過門不久就去世了，這又給了他一個外出遠遊的好藉口。每次他的哥哥王鼐都會勸他說：「弟弟，你年紀也不小了，也要想想成家立

業的事呀！過兩天我去幫你訂一門親事，你就在家多待一陣子好不好？」

但是王鼎不喜歡這些婆婆媽媽的事，他很感激哥哥的好意，只是燕雀安知鴻鵠志，他是要飛得更高、更遠的人啊！於是這一天他又離家遠行了。他搭上小舟，來到離家很遠的南方小鎮上。

下船之後，王鼎信步來到老友的家中，不巧老友出門去了。他也不在意，一個人慢慢沿著江邊漫步。這時他看到江邊有一家旅舍，就隨意走進去訂了個房間。他想今天就暫時住下，明天再作打算。誰知進了在閣樓上的房間之後，卻見一窗好景，江水澄波，遠遠的金山彷如近在目前，他心中十分歡喜，便真的決定住下來了。

第二天，好友找到他之後，勸他搬到家中住。他卻已經愛上這風景如畫的客棧小閣樓，也就婉謝了朋友的好意。

王鼎一個人在金山水畔住了半個多月，每日逍遙自在，幾乎忘了歸家。一天夜裡，他突然夢見一個女郎，十幾歲的青春年紀，美麗端莊，對他含情脈脈。醒來之後，他心中覺得很奇怪，這到底是誰？但是想一想或許只是偶然的夢境，就不把她放在心上了。

第二天晚上，很奇怪的事又發生了。那個女郎又進入他的夢中。接著連續三四夜都是如此，王鼎也有些怕了，這天晚上他便不敢吹熄蠟燭，身子雖然側臥著，其實根本沒有睡著。但是他實在也有點睏了，不小心便閉上眼睛，這時那個女郎又出現了。他立刻張開眼睛，竟然眞的見到一個女郎站在他眼前，就跟夢中人一模一樣。

女郎一見他醒了，立刻羞紅了雙頰。王鼎也嚇了一跳，他爬起來，手指著她說：「妳不要過來！妳到底是人是鬼？不管妳是人是鬼，我都不會被妳嚇倒的！」

女郎笑笑，也不說話，但轉身便想離去。王鼎雖然隱約知道她不是人，但是心中已經有點喜歡她，便大膽的又問她：「妳到底是誰？爲什麼三番兩次的闖入我的夢中？」

女郎這才羞答答地回道：「我叫伍秋月，先父是很有名的知識份子，精通易經命數。他很疼愛我，但是說我壽命不長，所以不准我許配人家。十五歲的時候，我果然病死了。父親就把我葬在這個旅舍東邊的一片亂草叢中，而且墳墓與地面平齊，也沒有墓碑。只在棺材邊豎了一個石片，上面寫著：『女秋月，葬無塚，三十年，嫁王鼎。』

現在三十年已經到了，你剛好又來到這裡，我很想自己毛遂自薦，但又有點不好意思，就託夢給你了。」

王鼎一聽也是毛骨悚然，但是女郎明明就活生生的站在他眼前，他也只好當成是眞的了。從此伍秋月每天晚上都會來找他，兩人無話不談，竟變成了莫逆知交般的好友。

一天夜裡，伍秋月出現時，明月當空，滿室瑩澈。王鼎便和她兩人在小院中漫步，欣賞盈盈如水的月光。王鼎突然問她說：「冥王地府之中，到底有沒有城牆呀？那裡是不是跟人間一樣，到處是貪官污吏？」

伍秋月聽他這麼一說也笑了。她回道：「當然有啦！不過，冥府不在這裡，離這裡有三、四里的路，在那兒是把夜晚當作白天的。」

「活著的人能不能去看看呢？」王鼎十分好奇的問。

「也是有人去過的。」

「那妳能不能帶我去看看？」

伍秋月想了一想便說：「好吧！但是你要緊跟著我，不要到處亂跑哦！」

王鼎答應了。伍秋月便拉著他的手，一個恍惚之間他們就飛到了月亮的旁邊。他們乘坐著月亮飄浮前進，伍秋月的動作快，飄忽如風，王鼎必需要很努力才能跟上她。這時來到一個地方，伍秋月說：「冥府快到了！」

王鼎張大眼睛看，卻什麼也看不見。他悵然說道：「哪有什麼冥府？我什麼也看不見呀！」

伍秋月噗哧一笑。她先要王鼎閉上雙眼，再吐了一點唾液在手中，然後塗在他的上下眼眶上，再要他張開眼睛。他四下看看，驚訝地說：「哇！好清楚！就跟白天一模一樣！」

他的話還沒說完，恍惚之間，他們已經來到了城中。四面都是重重疊疊的城牆，路人行人如織，好像要去趕市集一樣。

走了一會兒，突然看到兩個官差抓著三四個犯人往前走，最後一人看起來就跟他的哥哥王鼒一模一樣。他趕忙走上前去，一看果然是哥哥。他急著說：「哥！你怎麼會在這裡？為什麼會被抓起來？」

王鼒見了弟弟便哭著說：「我也不知道犯了什麼錯，就被抓來了。」

王鼎便生氣的對官差說：「我哥哥是個彬彬有禮的讀書人，從來沒有犯過錯，怎麼可能受得了這樣的侮辱？請放他一馬吧！」

其中一個官差怒聲說：「我呸！他沒犯錯，還我犯錯了不成？你是哪來的雜種？給我滾遠一點！」

王鼎一聽怒火中燒，立刻要動手。王鼐勸住弟弟說：「弟！別跟他鬧了！他們本來是奉命行事，也不干他們的事。但是我身邊沒錢，他們又一直跟我勒索，這才麻煩。你趕快回去幫我想想辦法吧！」

王鼎抱著哥哥的手臂，哭個不停。官差更氣了，把繩索一拉緊，王鼐便顛了一跤，差點跌倒。王鼎見了又是火上添油，忍無可忍，便解下配刀，一刀解決了那個官差的性命。另一個官差叫出聲來：「殺人了！殺人——」

王鼎又一個刀起手落，另一個官差也倒下來。伍秋月大驚失色地說：「你殺死了官差，事情鬧大了，一定會被抓起來的。快快走，買一條船往北邊走，回家後也不要把喪旗拿掉，七天都不讓人進出，這樣才能保命！」

王鼎便急急扶著哥哥回到人間，當夜便買了一條小舟往北邊開去。回家之後果然見到弔客聚集在門口，眞的是哥哥死了。他把人請走後，關上門，鎖好之後才進去。

他剛進門時哥哥還不醒人事，等他進入室內，哥哥便蘇醒過來，直叫道：「肚子好餓！肚子好餓！快給我湯餅吃！」

當時哥哥已經死了兩天，現在突然醒來，全家都嚇昏了。王鼎才將來龍去脈說了一遍。七天過後，王鼎才將喪旗取下，開門見客。人們聽說王鼐死而復生，都過來慰問。王鼎也只是虛僞以對，不想說太多。

過了沒多久，王鼎又不耐煩平靜的生活，而且十分想念伍秋月，便又一個人回到了南邊。他又回到當初租的閣樓，一個人孤單單地住下來。到了夜裡，他秉燭等待，卻一直不見伍秋月的影子。就在他朦朧欲睡時，突然一個婦人出現在他眼前說：「秋月要我來轉告你，上次你殺了兩個公差，自己跑了，現在秋月被抓起來，關在監牢裡。她天天被獄卒虐待，正想要你去幫忙解決問題呢！」

王鼎心中悲憤不已，立刻說道：「請帶我去見她！我一定要把她救出來！」

婦人帶著他往冥府去了。來到一個城裡，婦人指著西邊的城門說：「秋月小姑娘現在就住在這裡。」

婦人說了轉身便不見了。王鼎一個人闖入門中，只見房舍甚多，到處都是囚犯，怨聲四起，但卻沒見到伍秋月。

他又繼續往前走，看到一間小斗室中點著燈火。他從窗邊偷偷看一下，見到伍秋月坐在床上啜泣，兩個獄卒在一邊逗弄她，又揑她臉又摸她腳的。伍秋月哭得更急了，全身扭動不安。一個獄卒說：「既然是罪犯，還冒充什麼貞潔烈女呀？只要妳肯配合一下，我會給妳好日子過的。」

王鼎大怒，二話不說便衝進門，拿起刀來一手一個，兩個獄卒全倒了。他把伍秋月抱起來，神不知鬼不覺地離開了冥府。

王鼎回到旅舍中，突然清醒過來，以爲自己做了個惡夢，轉身卻看見伍秋月站在身邊，含情脈脈。王鼎坐起身來，告訴她說：「哦！好可怕！我作了一個嚇死人的夢！」

伍秋月嘆口氣說：「那不是夢，是眞的。」

「那怎麼辦？我都把他們殺了！」

「這是命中註定，我也沒辦法。我要到這個月底才能生還，現在事情已經變成這樣了，急也沒用了。你要趕快將我的墳墓掘起來，帶我回家去。每天呼喚我的名字，三天後我就會活過來。但是因爲時間不夠，我的骨軟足弱，以後沒法幫你做沉重的家事而已。」

她說完便急急要走，但又轉身說：「我差點忘了被冥府追殺的事了。生前父親傳給我一道符書，說是三十年後可以佩戴在我們夫妻身上。」

她便要了筆，畫了兩道符，告訴王鼎說：「一道符你貼在胸前，另一道符貼在我背上。」

王鼎送走她之後，便立刻來到當年她下葬之處。掘了幾尺便見到一個棺木，都已腐敗了。旁邊果然有一個石碑，上面寫的就是伍秋月說的碑文。

他打開棺木，只見伍秋月顏色如生，抱入房中，全身的衣裳隨風散去，他便在背部貼上符咒，再用棉被將伍秋月全身裹緊，背到江邊，叫了一艘船，他告訴船夫說：「我妹妹生了急病！我要趕快送她回家去！」

船夫也不疑有他，急急趕路。幸好南風大作，還沒到天亮便已抵家。他將伍秋月安置好在自己房中，才去秉告兄嫂。一家都嚇壞了，但也沒有人敢多說一句。

王鼎只是每天叫喚著伍秋月的名字，三天後她果然蘇醒了，七天後竟然能走路了，也能起來拜見兄嫂了。她的舉止溫柔，走路似乎不穩，十步之外就要人扶著，否則隨風搖曳，立刻要倒了。雖然帶點病態，卻更增嫵媚。她常常勸王鼎說：「你的罪孽太深，要經常誦經懺悔，不然恐怕壽命不長。」

王鼎便在愛情的偉大力量之下，從一個放浪不羈的無神論者變成一個潛心向佛的善男信女。

14

粉蝶

烏雲密佈在天邊，海上狂風大作，眼看著暴風雨即將來臨。

少年陽日旦乘坐的小船在劇烈的搖擺晃動，他心中有點後悔，爲什麼一定要選擇今天回故鄉？不論是昨天或明天都好，但是命運卻像是在跟他作對，讓今天的海面如此動盪不安！

遠遠的一艘船已經翻倒在海面，幾個漁人很快地便被大海吞蝕了。陽日旦正在六神無主時，一個大浪打來，他乘坐的小舟也翻了，船上的人全都被大海吞沒，連呼叫聲都來不及發出就已經消失了身影。

陽日旦在海中載沉載浮，突然眼前出現一艘小木舟，他就奮力爬上去，回頭一看，同船的人早已經消失了身影，孤單單的大海上只剩下他一個人。

颶風吹得更強烈了，陽日旦連眼睛也張不開了，只好任狂風吹著小舟前進。過了好一陣子，風突然停了，他張開眼睛一看，竟然見到前面是一個島嶼，屋舍連綿，他連忙搖槳往岸上划去。

下了岸之後，他來到村前，卻發現村中寂靜無聲，他走了好半天，連雞狗的叫聲都沒有。他來到一扇向北開的門前，只見院內松竹掩映，庭院深深，已經是初冬時節，牆內不知什麼花仍然蓓蕾滿樹。他越看越喜歡，叫門也沒人應，在外徘徊半邊，最後就自己推門走進去了。

進入院內後，遠遠的聽到有人在彈琴。陽日旦便停下腳步，這時一個少女走出來。十五六歲的年紀，飄灑豔麗，正如同枝頭青春的花蕾。少女一見到陽日旦，嚇了一跳，轉身便走。陽日旦也來不及跟她說上一句話。

過了一會兒，一個與他年紀相彷的少年走出來了，見到陽日旦便驚訝地問道：

「請問您是打那兒來的？」

「我乘的船碰到颶風，船翻了，我被捲到大海中，後來抓到一艘小木舟才飄流到這裡的。」

少年便問他家住那兒，家中有些什麼人，最後少年驚喜的說：「原來你是我家的親戚呢！」

少年便帶他進入內院。只見院中精舍華美，琴聲仍然斷斷續續地飄揚在空中。陽日旦進入屋中之後，見到一位十八九歲的少婦正襟危坐，正要彈琴的模樣，一見到陽日旦便想要退席，少年忙說：「不要走，不要走，這是妳家的親戚呢！」

少年代陽日旦說明出身，少婦聽了便說：「你是我姪子嘛！你的祖母還在嗎？身體好不好？父母年紀多大啦？」

陽日旦說道：「父母年紀四十多歲了，都很健康。只有祖母六十多歲，得了重病，需要人扶著才能走路。不知道您是那一房的親戚？回家後好秉告父母。」

少婦便告訴他說：「我們兩家隔得遠了，很久沒有聯絡了。你回去時就跟父親說，十姑向他問好，他就知道了。」

陽日旦又問少年是那一族的？少年跟他說：「我姓晏。這裡是神仙島，離你家三千里遠，我在這裡也沒住多久。」

十娘又進來了，命僕人準備好飯菜酒食待客。陽日旦只覺得鮮蔬香美，也不知道是些什麼菜。飯後他與主人到園中漫步，但見桃李含苞，便問主人說：「爲什麼現在是冬天了，桃李還含苞待放呢？」

「這裡夏天沒有熱浪，冬天也沒有大寒，四季如春，每一種花都是開個不停的。」

「這裡眞是神仙樂土了。回去之後我要告訴父母，叫他們搬來這裡住。」

晏姓少年只是微微笑了笑，也不說什麼。他們再回到屋中時，已經點上燈了。那把朱琴還在桌上，陽日旦便說：「我剛才聽到你們彈琴的聲音很美，能不能再爲我彈一曲呀？」

晏姓少年便撫絃捻柱，準備彈琴。剛好十娘進來了，少年便說：「來來來！還是妳爲姪兒彈一曲吧！」

十娘便坐下來，問他想聽什麼曲子？陽日旦說：「我從來沒彈過琴，也不知道要聽些什麼曲目。」

「你只要隨意出一個題目，我就能彈出來。」

陽日旦便好玩的說：「海風引舟，這樣也能彈嗎？」

十娘卻說：「可以。」

她立刻挑動琴絃，好像曲譜已經熟記在心。旋律如大海奔騰，陽日旦只覺自己有如身在小舟之中，被颶風吹得搖搖擺擺。陽日旦驚嘆欲絕，問道：「這種曲子眞是人間難得一見，能不能教我怎麼彈琴？」

十娘便把琴遞給他，要他自己撥弄一番。然後十娘問他說：「我可以教你，你想學什麼呢？」

「剛剛妳彈的颸風曲，不知多久才能學會？不然妳把曲調寫給我，我自己練習好了。」

「這是即興之作，沒有譜曲，你跟著我彈好了。」

她就另外拿了一把琴給陽日旦，自己作勾剔琴絃的姿勢，要陽日旦跟著學。陽日旦學到夜深，音節勉強聽得過去了，夫妻倆才告辭離去。

陽日旦一個人專心致意地對燭彈琴，久而久之領悟到其中的妙趣，不覺興奮得手舞足蹈。他一抬起頭，竟然看到白天見到的那個少女站在燈前，笑盈盈地看著他。他嚇了一跳說：「妳怎麼還在這裡？」

「十姑要我伺候您安寢。等您入睡之後要關門，移燈。」

陽日旦在燈下見她比白天更美，雙眼有如秋水澄澄，意態媚絕。陽日旦的心蹦蹦跳著，少女也一臉酡紅，兩人都有點癡了。陽日旦正想伸手摟住她，她卻說：「不好！已經快天亮了！主人就要起來了！」

這時突然聽到主人叫道：「粉蝶！還沒回房睡呀！」

少女一聽，臉色發白地說：「糟了！」

她轉身便跑走了。陽日旦心中不捨，便偷偷跟去聽聽看發生什麼事了？他聽到晏姓少年說：「我就說這小丫頭塵緣未了，妳一定要用她，現在怎麼辦？應該要打三百下的！」

十娘卻說：「既然凡心已動，與其勉強留下來，不如就許給姪兒了吧！」

陽日旦心中慚愧，默默回房，自己吹熄了燈火便睡了。第二天一大早就有一個小僕來伺候盥洗，卻不見粉蝶的身影。陽日旦心中惶惶不安，深怕自己惹出了禍事。

過了一會兒，晏姓少年與十娘又出現了，兩人的表情十分高興，一點也沒有不愉快的樣子。陽日旦這便放下心來。十娘問他說：「我倒想聽聽你練的琴怎麼樣了？」

陽日旦便將昨天學的曲子用心的演奏了一遍。十娘說：「雖然還沒有到出神入化的地步，但是已經八九不離十了。等練熟了，就可以掌握到妙處了。」

「十姑還能不能教我另外的曲子？」

晏姓少年卻說了：「這樣好了，我教你一曲天女謫降，這曲子指法拗折，不太好學哦！」

陽日旦盡心熟記之後，練習了三天才勉強彈成一曲。晏姓少年說：「算是記住全曲了。以後就是要熟練，只要你學會了這兩個曲子，碰到任何曲調都不怕啦！」

過了一陣子，陽日旦有點想家了，就跟十娘說：「我住在這裡很開心，但總是掛心著家人，很想回去看一看。可是這裡離家三千里遠，不知道什麼時候才能回家一趟？」

十娘卻說：「這有什麼難的。你以前搭的小舟還在，我會助你一臂之力的。你還沒有成親嘛，我已經要粉蝶先回去等你了。」

她就把琴送給陽日旦，又給了他一把藥說：「你回去的時候拿給祖母吃，不但能治病，還能延年益壽。」

十娘送他到海邊。他登上小舟，要找划槳，十娘卻說：「用不著划槳了。」她將自己的裙子解開來，繫在船上當作帆布。陽日旦又擔心迷路的問題，十娘說：「不要擔心，只要讓船自己飄流就行了。」

她把帆繫好後，便離開小舟。陽日旦心中悽然，正想說些什麼，而南風已經吹起，他的小舟離岸已遠。他看看舟中已經準備好食物，但是數量不多，僅勉強夠一天的糧食。他心中便有些怪十娘的小氣。他也不敢多吃，恐怕一下子吃完了便要餓肚子了。接近中午時分，他只吃了一個小胡椒餅，說不出的滿口芳香，而且肚子也不餓了。於是剩下的六七枚他也捨不得吃，就藏在衣襟裡了。

過了一會兒，夕陽西下了。他突然擔憂起來，心想：「唉！忘了跟十姑要蠟燭，這下沒了陽光，海上可是漆黑一片．．．」

他正在胡思亂想，突然看到眼前有一座小島，島上炊煙裊裊，仔細一看竟是自己的家鄉。他很高興，等船靠岸後，便將裙子作的帆布解下來，包裏著幾塊餅便下了船。

陽日旦回到家之後，全家都驚喜莫名。原來他已離家十六年了。祖母這時年紀更老，行動也更不方便了，陽日旦拿藥給她吃，病馬上就好了。家人都很奇怪，問他到底發生了什麼事？他把自己的奇遇說出來之後，祖母才流著淚說：「眞的是你姑姑呀！」

原來祖母當年生了一個女兒，名叫十娘，風姿動人，許給了晏家的兒子。誰知晏家的兒子在十歲的時候上山求道，就沒再回來過。十娘等到二十餘歲，突然沒生什麼病就死了。現在離她下葬已經三十多年了。聽到陽日旦這麼說，大家都懷疑她沒有死，看到她用來做帆布的裙子，都說道：「這就是當年十娘在家穿的裙子呀！」

陽日旦又拿出餅來給大家吃，吃了一塊就覺精神百倍，一整天也不覺得餓了。

老夫人於是找人去把十娘的墳墓挖出來看，卻只剩下一個空棺，屍體已經不見了。全家便相信她眞的成仙了。

陽日旦當年曾經跟吳家的女兒訂過親，但是他失蹤了好多年，吳家等不及，便將女兒另外嫁人了。陽日旦告訴家人說：「不要急，十姑說她要粉蝶先回來等我的。我再等等看好了。」

這一等又是好多年過去了，陽家看看實在不能等了，便要他跟一位錢秀才家的女兒，名叫荷生的女子訂了親。

荷生豔名遠播，才十六歲就已經訂過三次親，但奇怪的是每個夫婿都還未成親便死了。最後陽日旦終於跟她訂了親，迎娶進門。

荷生進門時，光豔照人，陽日旦一看才知道原來就是粉蝶。他連忙問她過去的事，但她一臉茫然，什麼也不清楚的樣子。原來當初她被逐出仙境時，就是她誕生的

15

鳳仙

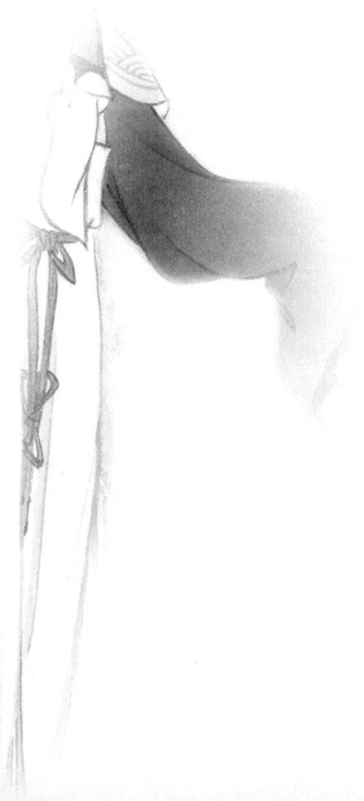

「赤水！赤水！」

門外隱約的有敲門聲，劉赤水翻了個身又繼續睡。他貪戀這一床的溫軟香柔，不想在冬日的黃昏起身應門。門外的人卻很固執，繼續敲著門：「赤水！快開門！大夥都在紅香閣等著你來呢！赤水！」

一聽到可以飲酒作樂，劉赤水的眼睛立刻張開來了。他跳下床，匆匆穿上鞋子，便開門出去了，連桌上的燭火都忘了熄滅。

來招劉赤水飲酒的是當年一起唸書的同窗好友。劉赤水從小聰明過人，十五歲便考上了縣裡的學校，眼看著前途大好，不幸的是他的父母早死，年輕好玩的他無人管束，每日只知四處遊蕩，到現在同窗好友都當上了大官，他還是個浪蕩書生，不務正業。不過他心性開朗，這些世俗的價值觀都打擾不到他的遊興。只要有吃有喝有玩的，他是每請必到的。而朋友也喜歡找他吃喝玩樂，因爲他不會掃興，也不會假仁假義假正經，可說是最好的玩伴。

這天晚上他也是盡興盡情的玩樂一場，直到酒過三巡，突然想到桌上的燭火沒有熄滅，怕引起火災，便起身匆匆告辭了。其實如果不是因爲那一床的昂貴絲被與精美的床罩、床單，他說什麼也捨不得走的。

雖然家道中落，但是貴族子弟留下來的奢華習性卻改不了，他可以什麼都不要，卻一定得穿得漂亮，住得舒服，尤其是床鋪更要精美裝點過。因爲他的人生哲學是：「人生有三分之一的時間是躺在床上渡過的，我要好好善待這三分之一的生命。」

至於其他三分之二的時間到底該做什麼用呢？有時他也不太清楚，總之，醒著的時候盡情玩樂，睡著的時候舒舒服服，才是他眞正的人生哲學吧！

回到家中，才進門便聽到臥室中有人在說悄悄話。他偷偷來到窗畔看了看，竟然見到一位美少年擁著一個娟麗的女子睡在他的床上。其實劉家原本是大戶人家，雖然沒落了卻仍然大門大戶的，空房很多，也經常發生狐仙鬼怪的事。劉赤水知道這一對男女一定是狐仙，心裡也不怕了，大模大樣的走進去叱責道：「是誰這麼大膽敢睡在我的床上？」

兩人嚇了一跳，急急忙忙逃走，不小心掉了一條紫色的絲綢褲子，腰上還繫著裝針的小香袋。劉赤水一看高興不已，心中喜歡絲綢的美感，便立刻藏在衣襟中，免得又被狐仙偷走了。

過了一會兒，一個蓬頭垢面的婢女突然出現在劉赤水的眼前，向他要那條紫褲子。他笑著說：「褲子還妳可以，不過我可是要一點遮羞費的！」

「那我請你喝酒吧！」

「喝酒不行！我天天在喝的，不稀奇！」

「那給你錢好了！」

「富貴於我如浮雲，不行！給錢也不行！」

那個婢女也被他逗笑了，一晃眼便消失了。過了一會兒她又出現了，她笑著說：

「大姑說，如果你肯還褲子來，就送給你一個好媳婦。」

「妳家大姑到底是誰？」

「我家姓皮，大姑娘名叫八仙，跟她在一起的是她丈夫胡郎。二姑娘叫水仙，嫁給富商丁官人。三姑娘叫鳳仙，比兩個姊姊還要美，沒有人不喜歡她的。大姑要幫你作媒呢！」

「我怎麼知道妳是不是在騙我？我等妳，妳去跟鳳仙問個清楚再來。」

婢女又消失了。過了好一陣子才又出現，她有點灰頭土臉的說：「大姑要我轉話說：好事急不來的！剛才她跟鳳仙姑娘提了一下，被鳳姑娘罵了一頓。不過她想一定沒有問題的，只是需要一點時間而已。我們家不是輕諾寡信的人，你一定要相信我呀！」

劉赤水見她說得急切，也不好再刁難，便把褲子還給她，算是與狐仙訂下了一個神秘的契約。

過了幾天，什麼事也沒發生，劉赤水心想狐仙一定在騙人，不過他也不當一回事。反正狐仙本來就不是人，更何況人也是會騙人的。因此過了一陣子他就將這件事丟在腦後了。

一天薄暮時分，劉赤水由外面回來，關好門後剛坐下來，忽然大門又自動打開來，只見兩個壯漢拉著一床被子進來，被中捲臥著一個少女，還在酣睡呢！壯漢將被子放在床上說：「新娘子送來了！」

兩名壯漢又莫名其妙地消失了。劉赤水靠近床榻一看，那位少女兀自酣睡著，全身酒氣芳香，醉態可掬。突然之間，她驚醒了，看到劉赤水之後她萬分窘迫，無奈卻全身動彈不得，只能恨恨地說：「八仙！妳竟然出賣我哦！妳給我記住！」

她恨恨罵了一陣子，又不好意思地對劉赤水說：「八仙眞是無恥！自己要睡人家漂亮的床，卻拿我來換她的褲子！天下有這種道理嗎？我一定要報這個仇！」

從此鳳仙每天晚上都會來找劉赤水，兩人相處甚歡。一天，她從袖中拿了一枚金釧給劉赤水看，告訴他說：「這是八仙的東西。」

過幾天她又拿了一雙繡花鞋來，上面金繡珠嵌，精巧絕倫。她告訴劉赤水說：「這些東西你都可以拿去給一些同輩欣賞，最好越多人看到越好。」

劉赤水便將繡花鞋公諸同好，許多人想要看鞋子都爭著要請他喝酒，一時之間他竟成了公子哥兒社交圈中的大紅人。

一天夜裡，鳳仙來了之後卻突然說道：「明天我不能再來了。可能這是我們最後一次見面了。」

「怎麼了？發生什麼事了？」

「姊姊恨我拿她的鞋子給你，要全家搬走，斷絕我倆的關係。」

劉赤水很擔心，便說：「這樣好了，我把鞋子還她不就行了？」

「不必！她就是要拿這個要挾我！我如果還她就是中她的計了！」

「那妳能不能一個人留下來，不要走呢？」

「我們父母住的地方很遠，在這裡一切都是由姊夫胡郎在負責。如果我不跟他們一起搬走，這個長舌婦還不知道要造多少謠呢！」

鳳仙走了之後，果然第二天開始就不再出現了。這樣過了兩年，劉赤水心中十分思念鳳仙，卻也無可奈何，依然過著遊山玩水的日子。一天他在路上碰到一個少婦騎著馬慢慢走，旁邊一個老僕人幫忙拉著馬韁。少婦與他差肩而過時，卻掀起頭上的罩紗，看了他一眼。劉赤水只覺得眼前一亮，豐姿豔絕的一瞥讓他一見難忘。

這時一個少年由他身後走來，問他說：「剛剛騎馬過去的那個少婦是誰呀？看起來蠻漂亮的。」

「是呀！不知道是誰有幸娶到這麼漂亮的媳婦？」

少年一聽便笑著說：「過獎過獎！這人便是敝人在下我！」

劉赤水臉都紅了，忙說：「慚愧！慚愧！剛才眞的失禮了！」

「不客氣！其實你老兄才是豔福不淺，我老婆沒法跟你那位比的！」

「咦？你說的是誰呀？」

「哈哈！難道你已經忘了是誰在你床上睡過覺嗎？」

這下子劉赤水才搞清楚原來這位少年就是胡郎，剛騎馬過去的就是八仙姑娘了。於是兩人有說有笑的，都很高興今日的重逢。胡郎說道：「岳父大人最近回來了，我們正要去省親，你要不要一起來？」

劉赤水很高興，便跟他們一起上山了。山上有一座大宅，是以前有錢人家避難的別墅，皮家就住在這裡。八仙下了馬之後，走進屋內，一會兒一堆人都跑出來了，看到他便說：「三女婿也來了！」

劉赤水進門拜見岳父母之後，見到另一個少年已經坐在一旁，一身的皮袍長靴全都炫麗無比，岳父介紹說：「這是二女婿丁官人。」

劉赤水與丁官人彼此作揖，便坐下來談笑飲酒，一家人相處融洽。岳父大人說道：「今天三位女婿都到齊了，眞是難得！這裡也沒有外人，就讓全家人大團圓，一起來喝酒吧！」

於是所有的姊妹都請出來了，岳父要個人分別坐在自己的夫婿身邊。八仙見到劉赤水便掩口笑了，鳳仙則悻悻地嘲弄她一下。水仙沒有兩個姊妹漂亮，但溫柔沉穩，全場歡笑傾談，她也只是把酒含笑而已。

劉赤水見到床頭擺了一套完整的樂器，便取了一只玉笛，要爲壽星吹奏一曲。岳父很高興，便要每個人都拿一種樂器，大家都爭著拿樂器，只有鳳仙與丁官人沒有拿。八仙說：「丁郎不會彈奏樂器，也就算了。妳呀，縮著手指頭在那裡幹什麼？」

說著她就將拍板塞給鳳仙，一家人便奏起樂來。岳父高興極了，又說：「一家人能團圓在一起眞是天底下難得的幸福！既然每個人都能歌善舞的，不妨大家來表演一下吧！」

八仙便抓著水仙說：「鳳仙一向不肯輕易開口的，還是我們倆來唱一段洛神曲吧！」

兩人便起來歌舞一番。這時僕人送進來一盤珍貴的果子，沒有人知道這些仙果的名字。岳父便說：「這是眞臘國進口的水果，叫做田婆羅。」

岳父大人便拿了幾顆給二女婿丁官人。鳳仙立刻生氣了說：「父親只喜歡有錢的女婿呢！」

父親也不回話，只是微微笑了笑。八仙就幫著說：「因爲丁郎是異鄉人嘛！算是遠方來的客人呀！如果要論長幼，也不是只有妳一個人才有窮酸女婿呀！」

但是心高氣傲的鳳仙還是不高興。她就披頭散髮，唱了一曲破窯曲。她邊唱還邊哭，聲淚俱下，唱完便拂袖而出，一家人的興致都被打散了。八仙說：「這個小妮子的脾氣一點也沒改！」

八仙追出去了，兩人也不知跑到那兒去了。劉赤水覺得很丟臉，坐不住就告辭了。在回家的路上，他看到鳳仙坐在路旁。鳳仙叫他一起坐下來，跟他說：「你是個男子漢大丈夫，難道不能為床頭人吐一口氣嗎？書中自有黃金屋，希望你好自為之。」

說著她又抬起腳說：「剛剛出門太匆忙，連鞋子都來不及穿，襪子被荊棘刮破了。以前我給你的鞋子還在嗎？」

劉赤水便將繡花鞋拿出來給她穿了。他又想要她脫下來的破襪子，鳳仙噗哧一笑說：「你還眞是個無賴呢！有誰像你這樣連破衣服舊襪子都想收藏的人！如果你眞的想見我，我倒有一個東西要送你。」

鳳仙拿出一面鏡子給他，告訴他說：「你想看我，就到書中去找我吧！不然我們就沒有機會相見了。」

鳳仙說完便不見了，劉赤水一個人惆悵莫名，也只好回家去了。

回家之後，他將鏡子擺在桌前，果然鳳仙就在鏡中，但卻是背對著他，好像就在離他一百步左右的距離。他想到鳳仙說的話，便關起門來讀書，也不再外出冶遊。一天他突然見到鏡中人變成正面了，對著他笑盈盈的。他看了很歡喜，從此更加努力，也時時對著鏡子傾訴衷情。

過了一個多月，他的三分鐘熱度消退了，又開始外出遊樂。一天他回家時見到鏡中人一臉慘然，似乎要哭泣的樣子。第二天再看，鏡中人又變成背面對著他了。他才醒悟到自己荒廢了學業，又開始閉門讀書。果然鏡中人又開始面對著他，一臉歡欣的模樣。經過幾次的試驗之後，劉赤水終於收起玩心，認眞勤奮的讀了兩年的書，最後終於考上了舉人。他很高興的說：「現在我總可以見鳳仙了吧！」

他對鏡一照，見到鏡中人黛眉彎彎，雙唇微啓，簡直就像眞人在面前一樣。他正看得癡，突然鏡中人一笑說：「鏡中情人，畫裡愛戀，大概就是這麼一回事了吧！」

劉赤水嚇了一跳，轉身一看果然鳳仙就出現在他身後。他握住鳳仙的手說：「妳過得還好嗎？岳父母大人都平安吧？」

鳳仙卻說：「這兩年我都沒回過家，我就住在附近，跟你同甘共苦呀！」

劉赤水便帶著她出席官方慶祝的宴會，每個人都羨慕他既中了舉人，可以當大官，又娶了美嬌娘回家。

一天劉赤水到主考官家拜謝時，剛好碰到丁官人，丁官人殷勤地邀請他來家中坐，跟他聊了很久。劉赤水才知道原來丁官人並不是個勢利眼的人。當年丁郎對鳳仙的二姊水仙也是一見鍾情。那是一個黃昏，丁郎一個人騎馬回家，見到水仙一個人在路上走，風姿綽約，不禁多看了她一眼。水仙見到他在偷瞄自己，便要求他載一程。兩人因此發展出戀情。

雖然彼此的家世背景不大相同，但丁郎卻對她十分專情，不顧家人的反對，將她娶回家作妻子。而且對岳家一直很有禮貌，不因爲自己的財大氣粗就瞧不起人。他還對劉赤水說：「岳父母最近又搬家了，內人歸寧，快要回來了。我寫信通知她先不要回來，我們一起去看他們吧！」

劉赤水夫妻便跟著丁官人到岳父母的新家去了。鳳仙回到家中，被兩個姊姊拉到裡面談話。八仙說：「鳳仙現在可成了貴婦人了！不會再怪我這個媒人了吧！我的金釧及繡花鞋可以還我了吧！」

鳳仙拿出東西來，嘴裡卻不饒人地說：「鞋子還在，只不過已經被幾千人看破了！」

八仙便用手打鞋子說：「都是你不好！隨便亂跑到別人家去！」

她將繡花鞋丟到火中，祝禱說：「新時如花開，舊時如花謝。珍重不曾著，姮娥來相借。」

水仙也祝禱說：「曾經籠玉筍，著出萬人稱。若使姮娥見，應憐太瘦生。」

鳳仙則撥灰唱道：「夜夜上青天，一朝去所歡。留得纖纖影，遍與世人看。」

她將灰分做十堆，放在盤中。看到劉赤水來，便將盤子遞給他。盤中的灰便變成十雙鞋子，跟以前的鞋子一模一樣。

八仙看了急急衝過來，把盤子推倒在地上，灰做的鞋子便不見了，但還剩下一兩雙沒摔碎的在一旁。八仙趴下身子，朝鞋子用力一吹，所有的鞋子才灰飛煙滅了。

對劉赤水來說，鳳仙是個如幻還眞的女子。他倆之間的信物雖然已經灰飛煙滅，但是存留在他們心中的卻是對愛情永恆的信心。

國家圖書館出版品預行編目資料

戀戀人間／ 朱衣著 .-- 初版.-- 臺北市：大塊文化, 2000 [民 89]

面； 公分. -- (catch；28)

ISBN 957-0316-22-5 (平裝)

857.63 89011618

105 台北市南京東路四段25號11樓

廣 告 回 信
台灣北區郵政管理局登記證
北台字第10227號

大塊文化出版股份有限公司　收

地址：______市／縣______鄉／鎮／市／區________路／街______段_____巷

______弄______號______樓

姓名：

請沿虛線撕下後對折裝訂寄回，謝謝！

編號：CA028　書名：戀戀人間

讀者回函卡

謝謝您購買這本書，爲了加強對您的服務，請您詳細填寫本卡各欄，寄回大塊出版 (免附回郵) 即可不定期收到本公司最新的出版資訊。

姓名：____________________ **身分證字號**：____________________

住址：____

聯絡電話：(O)____________________ (H)____________________

出生日期：______年______月______日 E-mail: ____________________

學歷：1.□高中及高中以下 2.□專科與大學 3.□研究所以上

職業：1.□學生 2.□資訊業 3.□工 4.□商 5.□服務業 6.□軍警公教 7.□自由業及專業 8.□其他________

從何處得知本書：1.□逛書店 2.□報紙廣告 3.□雜誌廣告 4.□新聞報導 5.□親友介紹 6.□公車廣告 7.□廣播節目8.□書訊 9.□廣告信函 10.□其他____________

您購買過我們那些系列的書：

1.□Touch系列 2.□Mark系列 3.□Smile系列 4.□Catch系列 5.□PC Pink系列 6□tomorrow系列 7□sense系列

閱讀嗜好：

1.□財經 2.□企管 3.□心理 4.□勵志 5.□社會人文 6.□自然科學 7.□傳記 8.□音樂藝術 9.□文學 10.□保健 11.□漫畫 12.□其他_____

對我們的建議：____

____

____

LOCUS

LOCUS

LOCUS

LOCUS